D1671380

Gerhard Falk

Eddi von Fürstental

Die Geschichte vom kleinen Waschbären

Engelsdorfer Verlag
Leipzig
2013

Bibliografische Information durch die Deutsche
Nationalbibliothek: Die Deutsche Nationalbibliothek verzeichnet diese
Publikation in der Deutschen Nationalbibliografie;
detaillierte bibliografische Daten sind im Internet über
http://www.dnb.de abrufbar.

ISBN 978-3-95488-685-2

Umschlagfoto G. Falk
Illustrationen Nancy Albani-Linge
Hergestellt in Leipzig, Germany (EU)
www.engelsdorfer-verlag.de

12,00 Euro (D)

Hallo!
Ich bin Eddi!

Für Dich

02.09.2017
Von Martin

Hallo, liebe Kinder!

Bevor wir gemeinsam ins Waschbärenland starten, sollte das noch gesagt sein …

Natürlich gibt es diesen kleinen Waschbären, dem der Autor *(so nennt man die Geschichtenschreiber)* den Namen „Eddi von Fürstental" gegeben hat. Es gibt auch den Campingplatz Fürstental unten am Edersee und alle anderen Orte, an denen die Waschbären in den vielen Geschichten unterwegs sind. Ganz sicher aber gibt es die Waschbären. Man schimpft über ihre Streiche, die sie sich leisten, doch die meisten Menschen haben sie gerne. Nur die Kinder, die lieben sie so richtig! Deshalb wurden die Geschichten vom kleinen Waschbären Eddi von Fürstental auch zu allererst für die Kinder geschrieben.

Natürlich dürfen sie auch von großen Menschen gelesen werden, denn die Großen sind nicht so ernsthaft, wie sie meistens tun. Ganz tief in ihnen ist das kleine Kind verborgen, das sie einmal waren. Und das ist gut so! Noch immer kann es sich freuen und ganz besonders beim Vorlesen. Ihre kleinen Zuhörer werden Fragen haben, die aus ihrer Fantasie kommen. Vielleicht erfinden sie dabei dann zusammen neue eigene Geschichten? Das wäre schön! Deshalb nehmt euch Zeit beim Lesen ihr kleinen und großen Leute. Lasst eure Fantasie wachsen.

Dieses Buch beginnt mit einer Geschichte, die sich genau so zugetragen hat, wie sie hier erzählt wird. Auch das Foto von Eddis „Peinlichkeit" hat der Autor selbst geknipst. Eine Zeitung hatte später beides abgedruckt, und so gewann Eddi seine ersten Fans. Noch im selben Jahr erwarb Eddis Biograf *(so nennt man jemanden, der das Leben eines anderen aufschreibt)* einen Wohnwagen auf dem DKV-Campingplatz Fürstental *(Deutscher Kanuverband)*. Er verliebte sich in sein Waschbärenland, wie er es fortan nannte und begann weitere Geschichten zu schreiben. Jede dieser Geschichten hat einen wahren Kern, an dem entlang die Fantasie mitgeschrieben hat. Ganz sicher versteht auch der Geschichtenerzähler nicht die Waschbärensprache. Viele Menschen glauben, dass sich die Tiere gar nicht unterhalten, doch das stimmt nicht. Sie reden miteinander, nur eben vielleicht ganz anders als die Menschen. In unserer Fantasie aber können wir ihnen Worte geben, die auch wir verstehen.

Immer wieder beim Schreiben der Geschichten erinnerte sich Eddis Biograf an den eigenen kleinen Bären in seinem Kinderzimmer. Er war damals fest davon überzeugt, dass die Bären nachts, wenn er schlief, plötzlich lebendig wurden und mit seinen Spielsachen spielten. Den Beweis sah er darin, dass der Bär, der abends mit ihm ins Bett ging, am nächsten Morgen irgendwo lag, nur nicht dort, wo er beim Einschlafen hingelegt wurde. Die Fantasie lässt vieles möglich werden, was unmöglich scheint.

Doch die Waschbären und diesen Campingplatz aber gibt es wirklich. Ebenso wie den Platzwart mit seiner alten Katze Minka und auch die Frau im Kiosk, die sie heimlich „Kneiperin" nennen, weil sie auch die Gaststätte betreibt. Kommt also ins Waschbärenland, und wenn ihr Glück habt, dann trefft ihr Eddi und seine Kumpels. Vergesst im Reisegepäck nicht eure Fantasie. Vielleicht hört ihr auch, was sich die Waschbären und die anderen Tiere erzählen. Wenn der Wind über den See streicht und am Zelt rüttelt oder der Regen aufs Dach prasselt, dann entstehen in eurer Fantasie viele neue Geschichten, die man sogar malen könnte, damit sich auch die großen Leute etwas vorstellen können.

Doch jetzt lest erst einmal, was es vom kleinen Waschbären Eddi von Fürstental zu erzählen gibt.

Gerhard Falk
(Autor und Biograf)

Sie nannten ihn „Eddi“

Eddi von Fürstental lag in seiner breiten Astgabel und schaute nach oben ins hellgrüne Blätterdach der Buche. Hier war es allemal besser auszuhalten als in diesem Vollverpflegungsheim, in dem er die letzte Nacht verbracht hatte. Drehte er den Kopf und schaute nach unten, dann sah er gleich hinter dem breiten Weg den Campingplatz Fürstental, sein angestammtes Heimatrevier.

Eddi, den Namen hatte er weg seit eines der Kinder rief: „Mama schau, da ist ein Eddi!“
„Das ist ein Waschbär. Nur das Maskottchen am Edersee nennen sie Eddi“, hatte damals die große Frau zu der kleinen gesagt.
Aber hier bei den Fürstentaler Waschbären nannten sie ihn nun den „Eddi“. Er war noch jung und unerfahren. Rief jemand oder pfiff, dann blieb er stehen und schaute. Einmal bekam er von so einem kleinen Zweibeiner einen leckeren Keks. Aber das Stück Apfel, das er neben einem Zelt fand, schmeckte viel besser.

Die großen Waschbären hatten nachts ihre festen Wege über den Campingplatz. Bei den Zelten war immer etwas zu holen. Die wirklichen Könner unter ihnen brachen bei den Wohnwagen ein, wenn die Besitzer fort waren und hinterließen oft ein wahres Chaos. Etwas Essbares fanden sie immer, denn die Menschen sind dumm und ungeschickt.

Eddi seufzte. Oben prasselte der Regen auf die Blätter und einzelne Tropfen trafen auch ihn, kullerten über sein Fell und tropften dann vom Schwanz, den er lässig nach unten baumeln ließ. In der letzten Nacht hatte er sich alleine auf den Weg gemacht. Schon immer wollte er da mal alleine hin, was die anderen Waschbären das „Vollverpflegungsheim“ nannten. Es waren so große Metallkisten. Die Stärksten sprangen auf die meist offenstehenden Deckel und wühlten in den verlockenden Tüten und Beuteln, warfen einige nach draußen, wo dann auch Eddi mit scharfen Krallen Fressbares herauskratzte und verschlang.

Da standen nun bei seinem ersten Alleingang die großen Metallbehälter im fahlen Licht der Vollmondnacht. Ein Deckel war wie erwartet nicht ganz geschlossen. Wenn er die Nase in den Wind hielt, dann lockten viele leckere Sachen und das Abenteuer sowieso. Geschickt sprang er von hinten, wo ein paar Bretter und Balken lagen, hoch auf den gewölbten Deckel. Geschafft, dachte Eddi. Jetzt nur noch nach vorne rutschen und durch den Spalt hinein. Doch statt oben auf den angehäuften Beuteln weich zu landen plumpste er nach unten ins Dunkle. Die Ausbeute der wenigen Abfallbeutel war gering. Das war kein Vollverpflegungsheim. Irgendwer musste es in den letzten Tagen leer geräumt haben. *(Kleine Waschbären wissen noch nichts von der Müllabfuhr.)* Wahrscheinlich waren sie deshalb alle woanders in dieser Nacht, dämmerte es dem kleinen Waschbären. Es war zwar schön trocken hier unten, und der heftige Regen hörte sich auf dem Metalldeckel ganz anders an als in seiner Buche, aber Hunger hatte er trotzdem. Jetzt wollte er zu den Anderen. Er sprang und sprang immer wieder, doch bis zum Rand da oben schaffte er es nicht. Irgendwann in der Nacht schlief er ein. Er saß im Arrest gefangen!

Gegen Morgen hörte er Schritte den steinigen Waldweg herauf näher kommen. Er versuchte mit den Krallen irgendwo an der steilen Wand Halt zu finden und kratzte verzweifelt. Dann fiel von oben ein Beutel durch den Spalt und ein weißes Gesicht schaute herab zu ihm: „Wen haben wir denn da? Einen Hausbesetzer?" Blöde Frage, dachte sich Eddi und schaute so lieb er konnte. So war er schon einmal an einen Keks gekommen. Aber einen Keks wollte er nicht. Er wollte hier nur raus. Mach was, dachte er und guck nicht so blöd. Mir ist das sehr peinlich hier unten.

Dann verschwand das Gesicht. Irgendwas brummelte der da draußen vor sich hin, als plötzlich ein dicker Ast bis auf den Boden der Müllkiste geschoben wurde. Das Gesicht schaute kurz hinein und zog sich so komisch breit. Waschbären grinsen nicht, aber die Menschen machten das manchmal. Dann verschwand das Gesicht. Eddi hörte noch ein paar Schritte, und es war still. Mit wenigen kräftigen Kletterzügen war er oben und schaute heraus. Da stand der Zweibeiner, grinste und sagte: „Nun mach, dass du in deinen Wald kommst.“ Oh da vorne vor Eddi war es sehr, sehr tief, und da stand auch der Mensch. Denen darf man nicht trauen, hatten sie ihm zu Hause erklärt. Es gibt welche, die mögen uns gar nicht. Eddi wollte es nicht darauf ankommen lassen. Mit einem kräftigen Satz sprang er auf der anderen Seite seines Nachtarrestes ins hohe Gras und landete weich. Der Mensch packte das komische Auge, aus dem es geblitzt hatte, in eine Tasche und ging weiter. Kurz darauf rannte Eddi aus dem Grasversteck über den Weg und kletterte auf seine Buche.

Das darf ich niemandem erzählen, dachte er. Sie würden nur über mich lachen. Vielleicht erzähle ich aber auch, dass ich mit einem Zweibeiner gesprochen habe und er mir nicht nur half, sondern versprach, dass er eine Geschichte über mich schreiben würde, und ich dann in die Zeitung komme und berühmt werde, und dann werden sie mich, den kleinen Eddi, bewundern und dann … und dann schlief Eddi wieder in seiner Buche bis zum Abend.

Das Ding mit dem Reißverschluss

„Bandito versteht sich auf Reißverschlüsse!"
Der alte Gauner saß in der Ecke. Seine Augen leuchteten, als er so von sich reden hörte. Der Winter war ins Land gegangen und Eddi, wie er immer noch von den anderen Waschbären genannt wurde, hatte sich einer Gruppe angeschlossen, die unter einem verlassenen Wohnwagen hauste. Hier war es gemütlich, trocken und warm. Und was besonders wichtig war: hier wurde nicht geschossen. Immer wieder knallte es mal im Wald.
„Sie nennen das jagen", hatte Bandito ihnen erklärt.
„Hier aber sind wir sicher."

„Bandito", flüsterte Eddi leise, denn er wollte wegen unvorsichtiger Fragen nichts auf die Nase bekommen, „erzählst du uns das mit den Reißdingern?"
Alle Augen richteten sich auf Eddi. Es war still unter dem Wagen. Was traut sich der Kleine da, dachten sie. Jeder weiß doch, dass Bandito nur etwas erzählt, wenn er es wirklich will. Aber der grinste nur und es schien, er fühlte sich geschmeichelt von dem bewundernden Blick, mit dem Eddi seine Frage gestellt hatte.

„Also gut, kleiner Eddi, dann will ich dir aus deiner Dummheit helfen. Die Sache mit der Nacht im leeren Vollverpflegungsheim, war ja peinlich genug für dich. Ich will dir erzählen, was ein guter Waschbär so alles können muss. Natürlich wird es kaum einer zu meiner Kunst schaffen, die ich mir in jahrelangem Üben erworben habe. Es gehört auch ein gewisses Geschick dazu, das man einfach hat oder nicht."

Draußen war die Dämmerung hereingebrochen, und man sollte schon mal unterwegs sein, aber jetzt schauten sie alle wie gebannt auf Bandito. Auch Eddi betrachteten sie mit einigem Respekt. Der Kleine traute sich was und schien nun wohl auch mit Bandito befreundet zu sein.

Man hätte ein Mäuschen husten hören können, so still war es geworden.
„Es war schon im späten Sommer“, begann er nun seine Geschichte, „gegrillt wurde seltener und auch Zelte standen nicht mehr so oft auf der ‚Waschbärenwiese‘. Eddi, wenn du einmal lesen kannst, dann lies diesen Namen auf dem Schild vor der langen Wiese oben am Waldrand. Sie haben sie uns zu Ehren so genannt.“
Bandito machte eine Pause und sah wichtig in die Runde. Die meisten von ihnen waren erst ein paar Jahre alt und hielten sich gerne bei dem Alten auf.
„Also wir sind hier ganz wichtig. Es gibt welche, die mögen uns gar nicht. Aber die Kinder, die mit den Großen auf den Platz kommen, die lieben uns alle. Wie gesagt, es gab jetzt weniger Essen, das einfach so herumlag oder das man vom Grill holen konnte. Ich zog also abends los, schlich um die Wohnwagen und hielt meine Nase hoch. Dabei vermied ich es, dort näher zu riechen, wo noch Menschen redeten. Sie reden immer. Meist dummes Zeug, was uns nicht interessieren muss. Manche reden auch von uns. Das ist schon besser. Bei einem der verlassenen Wohnwagen roch es ganz wunderbar. Es war so ein Gemisch von allen guten Sachen. Natürlich hatte ich schon lange beobachtet, dass die Menschen, die auch Camper genannt werden, vor ihren Wohnwagen Zelte aufgebaut haben, die sie Vorzelte nennen. Da höre ich schon hin, denn es sind wichtige Informationen. Ihr solltet immer wissen, dass alles wichtig ist, was euch hilft Essen zu finden.“
Nun schaute er jeden der kleinen Waschbären genau an und prüfte, ob sie auch alles verstanden hatten. Sie nickten mit den

Köpfchen als seien sie in der Waschbärenschule. Eddi hatte den Mund offenstehen und staunte!
„Eddi!", rief Bandito laut, „Hast du auch alles verstanden?"
Dem Kleinen klappte das Maul zu, und er stellte sich mit einem Ruck auf die Hinterbeine.
„Ja!", rief Eddi, „essen ist wichtig!"
Alle lachten, und Bandito nickte zufrieden.
„Also dann hört gut zu", der Vortrag ging weiter.
„In diesen Vorzelten wohnen die Menschen, wenn sie nicht im Wohnwagen sitzen. Wohnen heißt, dort essen sie auch, und da liegen dann wirklich gute Sachen. Solange sie da sind, ist es aussichtslos, sich was holen zu wollen. Wenn man ganz treu schaut, wird man von guten Campern gefüttert. Aber das ist eine andere Geschichte. Ich schleiche also an diesem Vorzelt umher und weiß natürlich, wie die Menschen da hinein gehen. Vorne ist der Eingang. Sie reißen da etwas nach oben, und dann öffnet sich ein Loch, durch das sie reingehen. Weil ich ein genauer Beobachter bin und auch äußerst geschickt, fummelte ich an diesem Ding unten über dem Boden herum, bis eine meiner Krallen hängenblieb. Wie ich sie nach oben herausziehen will, öffnet sich ein kleiner Spalt. Aha, dachte ich, so geht das also! Gleich probierte ich es noch einmal. Und was sage ich euch? Der Schlitz wurde so groß, dass ich hindurch passte, obwohl ich, wie ihr alle sehen könnt, von stattlicher Gestalt bin. Es gab da früher welche, die kratzten mit grober Gewalt an den Zelten herum und kamen nicht wirklich weiter. Ich aber machte es mit Beobachtung und Verstand."
Wieder legte er eine Pause ein und genoss die Wichtigkeit seines Vortrags. Eddis Mund stand wieder offen.
„Schnell war ich im Vorzelt verschwunden und sah, was da so gut roch. Ich machte mir nicht die Mühe, das Obst, das Gemüse, die Kartoffeln, die Kekse und sogar eine Schokolade in den Wald zu schleppen. Die ganze Nacht verbrachte ich dort. Am Morgen war ich so vollgefressen, dass ich kaum durch den Schlitz in der Vorzelttüre passte."

Seinen Zuhörern lief das Wasser im Mund zusammen und tropfte an den Seiten auf ihr Fell.
„Inzwischen weiß ich", erzählte Bandito weiter, „dass es viele verschiedene Reißverschlüsse gibt. Jeder erfordert eine bestimmte Technik. Gelegentlich hatte ich auch ein paar von meinen Kumpels mit auf Tour genommen. Aber keiner von ihnen hat es je zu meiner Perfektion gebracht."
Zufrieden rückte er sich zurecht.
„Eddi! Du kannst den Mund jetzt wieder zumachen."
Erschrocken klappte Eddis kleines Gebiss für alle hörbar zu. Wieder lachten sie, aber sie lachten ihn nicht aus. Sie wussten, dass er Banditos spezieller Freund war, und außerdem hatte Eddis Geschichte schon einmal in einer Zeitung gestanden, wie man sich erzählte. Das machte ihn ganz besonders. Jetzt aber, es war schon dunkel geworden, gingen sie mit Bandito auf Tour. Ob er ihnen das mit den Reißverschlüssen zeigen würde?
„Aber glaubt nur nicht, dass das alles ist, was ein guter Waschbär wissen muss", brummte Bandito noch als sie schon auf der Wiese unterwegs waren. Vor ihnen lag wieder eine Nacht voller neuer Abenteuer.

*

„Zu Pfingsten steppt der Punk." Eddi hatte diesen Satz aufgeschnappt als er an der Kneipe vorüberhuschte. Draußen auf der überdachten Veranda saßen die Leute. Sie tranken viel gelbes Zeugs. Einige aßen etwas, was Eddi ganz wunderbar in die Nase zog, doch er musste weiter. Seine Kumpels und Bandito waren schon zwischen den Wohnwagen verschwunden. Aber er hörte sie wieder. Sie machten einen Mordsradau am ersten Wagen, der mit einer Seite nahe an der Böschung stand. Angeregt durch Banditos Geschichte wollten ein paar Halbstarke zeigen, was sie drauf haben. Sie rannten um den Wagen, sprangen von der Böschung aufs Dach und rutschten an schrägen Vorzeltwänden wieder herunter. Oben auf dem Wagendach stand jetzt einer und richtete sich auf.

„Ich bin der Größte, mich kann keiner!"
Kaum hatte er das in der Waschbärensprache gerufen, da wurde er von einem anderen in den Schwanz gebissen.
„Ha, denkste, ich bin der Größte!", rief der dann und sprang von oben auf die Wiese.

Ein paar Meter weiter saß Bandito und schüttelte nur den Kopf, drehte sich um und verschwand zwischen den Hecken. Eddi ließ die Halbstarken toben und folgte Bandito. Er hatte schon ein gutes Näschen, und so fand er ihn schnell wieder. Unten am großen Wasser saß der Alte und betrachtete sich die Zeltwiese. Mit rot-weißem Flatterband war sie in drei große Felder geteilt. Dann saßen sie beide nebeneinander und schauten still.
„Na Kleiner", brummte Bandito, „keine Lust auf Krawall?"
„Ich habe Hunger und eine Frage." Eddi wunderte sich selbst wie furchtlos er den Großen ansprach. Was war das denn? Sah er da bei seinem Freund ein Grinsen? Waschbären grinsen doch nicht. Die Mundwinkel des Alten hatten kurz gezuckt.
„Hunger muss warten, aber die Frage geht jetzt schon", ermunterte ihn Bandito.
„Zu Pfingsten steppt der Punk! Was heißt das denn?", fragte Eddi flüsternd.
Wieder zuckte es bei seinem Fellnachbarn im Gesicht. Der aber schaute nur auf den Platz und schwieg. So schauten sie eine Weile bis dann die Antwort kam: „Die Menschen schwätzen Zeug, das für uns Waschbären völlig belanglos ist. Aber das mit dem Pfingsten ist ganz wichtig. Also hör gut zu: Die Menschen haben so Tage im Jahr, da spielen sie ein bisschen verrückt; etwa so wie die Halbstarken da hinten." Man hörte sie bis hier herunter an den See, wie sie immer noch am Wohnwagen tobten.
„Solche Tage sind für uns Waschbären besonders wichtig." Eddi war gespannt, was er jetzt lernen würde, aber auch sein Magen knurrte. Bandito schien es zu spüren und erzählte weiter: „Es ist wichtig, weil wir nie so viele tolle Sachen zum Essen finden, wie an diesen Menschenfesten. Siehst du die Zeltwiese hier. Die ist aufgeteilt, weil da so besondere Menschen kommen, die sie auch

schon mal ‚Punks' nennen, wie ich gehört habe. Die trinken viel und sind lauter noch als unsere Halbstarken. Aber die haben auch viele kleine Feuerkörbe, auf denen die tollsten Sachen braten." Eddi tropfte es aus dem Mund.
„Und weil die so viel trinken, achten sie nicht auf uns. Wir können zwischen den Zelten schleichen und uns von den Grills, so nennen sie die heißen Dinger, herunter holen, was uns schmeckt. Und uns schmeckt eigentlich alles." Da entfuhr Eddi ein tiefer Seufzer. Sehnsuchtsvoll dachte er daran, dass es doch nun bald Pfingsten sein würde und die Punks, die Zelte und die Grills wären schon da. Was das mit dem Steppen sein sollte, war ihm egal.
„Nun Eddi, weißt du, immer wenn der Platz hier so aufgeteilt ist, dann kommen sie. Wir müssen nur warten. Komm, wir sehen mal, ob wir einen Reißverschluss finden. Du musst das ja auch noch lernen."

Auch etwas peinlich aber voller Stolz

Schmeckt irgendwie komisch, dachte Eddi und wischte sich den Schaum vom Mund. Er saß im Vorzelt. Bandito hatte ihn zu einem Wohnwagen geführt.
„So, Eddi“, war seine Anweisung, „schau genau wie ich das mache.“ Er steckte eine Kralle in die kleine Schlaufe unten am Reißverschluss und zog das Ding nach oben, anschließend wieder herunter.
„Jetzt du“, forderte er Eddi auf. Eddis kleine Kralle ging schnell in die Schlaufe. Mit einem kurzen Ruck zog er den Reißverschluss ein Stückchen nach oben, und seine Kralle rutschte wieder heraus. Nun steckte er seinen Kopf in die Öffnung und richtete sich auf, wodurch sich der Reißverschluss nach oben schob. So entstand ein beachtliches Schlupfloch, durch das er schnell nach innen sprang. Als er gleich darauf wieder den Kopf nach draußen steckte, sah er Bandito staunend.
„Du bist ein ganz Fixer“, lobte Bandito, „aber nun schau selbst, was du Gutes findest. Ich habe noch zu tun.“ Damit drehte er sich um und trottete davon.

Unten beim alten Freizeitheim wohnten der Platzwart und seine Katze namens Minka. Sie war schon etwas in die Jahre gekommen und nachts kaum noch unterwegs. Früher hatten Bandito und sie kleine Kämpfchen um ihren Futternapf ausgetragen. Eine Narbe im Fell gleich hinter dem rechten Ohr war eine Erinnerung an Minkas scharfe Krallen. Jetzt gingen sie sich respektvoll aus dem Weg. Vermutlich aber auch, weil sie ganz schön rund geworden war, lief sie nicht mehr so weit und auch nicht mehr so schnell. Das Mäusefangen war ein gelegentlicher, erfolgloser Zeitvertreib. Drinnen auf dem Sofa träumte sie von alten Tagen und wärmte abends dem Platzwart den Bauch. Für Bandito ließ sie oft einen Rest in ihrem Napf, und den holte er sich dann. Im Winter bei Schnee blieb die alte Katze ganz im Haus. Dann schmeckte Bandito das reichlich gestreute Vogelfutter. Auch die anderen Waschbären nutzten diese Fütterung, aber Bandito ließen sie den Vortritt. Manchmal im Winter schlief der tagelang. Das nutzten die kleinen Waschbären auch zu Besuchen bei Minkas Haus.

Eddi hatte gleich, nachdem Bandito sich davon getrollt hatte, im dunklen Vorzelt alles untersucht. Er sprang auf den Stuhl, dann auf den Tisch und schnupperte nach allen Seiten. Aus der Ecke kam ein interessanter Duft. Da stand ein Gestell mit oben einer Schüssel. Als er sich daran aufrichtete, fiel das Ding mit einem tollen Krach um. Die Schüssel fiel im auf den Kopf mit samt dem Wasser. Hier regnet es aber kräftig, dachte der kleine Waschbär und schüttelte sich, dass es nur so spritzte. Vor im lag so ein weißes rundes Ding. Das war es, was so duftete. Er nahm es zwischen die Pfoten und biss kräftig herein. Dabei verschluckte er gleich das abgebissene Stück. Nee, das war entschieden sonderbar, was die Menschen so alles haben. Dauernd musste er aufstoßen und hatte dann diesen Schaum am Mund. Bäh, das schmeckt nicht gut. Enttäuscht schlüpfte er wieder nach draußen und ließ den Spalt hinter sich offen.

Oben auf dem Wagen am Waldrand tobten noch immer die halbstarken Waschbären. Eddi lief zu ihnen und sofort versammelten sie sich um ihn. Er erzählte von seinem kleinen Raubzug und dass er jetzt auch schon ein Reißverschlussexperte sei. Die Halbstarken lachten ihn aus: „Das ist Seife, was du da gefressen hast!“
„Hä, Seife?“ Eddi schaute richtig blöd aus dem Fell.
„Damit waschen die sich, die nackten Menschen“, riefen sie und lachten noch immer.
„Waschen?“, fragte der kleine Waschbär. Dabei bekam er einen Schluckauf. Aus seinem Mund blubberten plötzlich viele kleine Luftblasen, die im Mondlicht nach oben über die Wiese flogen. Jetzt wurden alle ganz still und sahen den Seifenblasen nach, die Eddi so kunstvoll produzierte. Der staunte auch, sprang herum bis alles voller Seifenblasen war. Wie er das machte, wusste er nicht. So etwas hatte es bei den Waschbären auch noch nie gege-

ben. Als keine Seifenblasen mehr aus seinem Mund kamen, sagte er leise: „Ich habe aber immer noch Hunger."
„Kommt, wir zeigen Eddi, wie man wirklich an was Gutes kommt", rief einer der Halbstarken und sie schlichen sich nach unten zur Zeltwiese, wo Rauch in den nächtlichen Himmel aufstieg.

Endlich mal satt

Während Eddis Seifenblasenschau und Banditos Besuch bei Minka waren die ersten „Punks“ auf der Zeltwiese eingetroffen. Fünf Zelte standen da im Rund. In der Mitte stieg Rauch aus einem großen Feuerkorb. Mit dem Rauch wehte ein Duft zu den Waschbären, dass es ihnen nur so aus dem Maul tropfte.
Eddi stöhnte leise: „Hab ich einen Hunger.“
„Pssssss“, ermahnten ihn die Halbstarken, die dicht am Boden in der Deckung des hohen Grases von oben herunter zur Zeltwiese schlichen. Zwischen den Zelten und dem großen Wasser, der auch See heißt, waren nur ein Weg und einige Uferbäume. Der erste halbstarke Waschbär hatte die Führung übernommen und blieb nun hinter einem Strauch hocken. Die anderen versammelten sich um ihn.
„Also!“, begann er, „wir machen das so.“ Eddi kam es vor, als ob Bandito redete. Und tatsächlich ahmte der Halbstarke ihn nach.
„Wir müssen geschickt vorgehen, sonst sind sie gewarnt. Dafür müssen wir eine List anwenden.“ Er machte eine Pause und schaute in die Runde. Alle nickten mit den Köpfchen, denn sie kannten das schon von früheren Raubzügen. Eddis Mund stand wieder offen. Das war sein erster Raub, den er in einer Waschbärenbande erlebte. Ein bisschen aufgeregt war er schon, denn er wollte nichts verkehrt machen.
„Die List ist, dass wir sie ablenken müssen. Sie dürfen nicht an ihrem Grill stehenbleiben.“ Dort lagen schon die tollsten Sachen auf einem Gitter. So lange runde Dinger und auch die flachen breiten. Das konnte man von hier oben schon ganz deutlich sehen, denn sie hatten zwischen und vor den Zelten auch Lampen aufgehängt. Nachts sehen die Waschbären besonders gut. Außerdem dröhnte Musik durch die Gegend. Das war aber ganz gut, denn so konnten die Waschbären mit ihrem Getuschel nicht gehört werden. Verstanden hätten die da unten die Waschbärensprache sowieso nicht, aber sie wären entdeckt worden. Der Halbstarken-Anführer, den sie mit „Langschwanz“ ansprachen, weil sein schwarz-weißer Schwanz wirklich so lang war, dass er

ihn von hinten über den Rücken bis vor die beiden kleinen Ohren legen konnte, dieser Langschwanz sprach nun weiter: „Meine List ist, dass wir drei von uns an das Ende der Wiese schicken. Dort am Weg vor dem großen Wasser macht ihr dann einen richtigen Radau, dass sie euch sehen können. Sie werden zu euch herüber laufen. Fürchtet euch nicht vor den großen Lichtern, die sie in den Händen halten. Die tun euch nichts. Aber eure Augen werden hell leuchten. Das lässt euch gefährlich aussehen.“ Langschwanz schnaufte, denn so eine lange Rede hatte er lange nicht mehr gehalten.
„Wartet bis sie kurz vor euch sind und rennt dann zwischen die Bäume und um das Lager herum zum Grill. Da sind wir anderen und haben schon einiges heruntergeholt.“ Schmatz, schmatz machten die Zuhörer und auch Langschwanz tropfte es aus dem Mund. Eddi klapperte mit seinen Zähnen, denn das war alles sehr, sehr aufregend.
„Ihr holt euch dann, was da noch liegt, verstanden?“ Nach diesen Anweisungen schaute er in die Runde, und alle nickten mit den Köpfchen, auch Eddi, der aufgehört hatte, mit den Zähnen zu klappern.
„In welche Gruppe soll ich denn?“, fragte Eddi leise.
„Du bleibst bei mir und ihr drei da hinten seid das Ablenkungskommando“. Die schlichen sich schon in weitem Bogen um das Lager. Langschwanz, Eddi und der Rest blieben auf der Lauer hinter dem Strauch.

Unterdessen waren die drei Ablenker am Einsatzort angekommen. Sie sprangen herum und kreischten. Machten alles, um trotz der lauten Musik gehört zu werden. Das war nicht einfach, denn die dunklen Gestalten rund um den Grill hatten Flaschen in den Händen, tranken und grölten nicht weniger laut als die kleinen Waschbären. So dauerte es schon seine Zeit bis einer, der mal zwischen die Büsche gegangen war, plötzlich rief: „Kommt mal her, hier sind so Viecher, ich glaube das sind Waschbären!“
„Was ist los?“, rief einer zurück.
„Na hier sind Bären, ganz viele!“

„Mach mal die Anlage aus, man hört ja nix!"
Plötzlich war es still.
„Waschbären sind hier, kommt, die toben wie wild!"
Und wie Langschwanz es angekündigt hatte liefen jetzt alle mit Lichtern an das Ende der Wiese. Im gleichen Moment aber verschwanden die Ablenker hinter den Uferbäumen und Langschwanzens Gruppe sprang zwischen den Zelten hindurch an den Grill. Verdammt heiß war es hier, aber der Hunger kennt keine Schmerzen. Geschickt fingerte sich Langschwanz ein großes Fleischstück vom Grill und ließ es am Boden liegen.
„Nicht gleich ins Maul nehmen. Das ist noch heiß", flüsterte er. Die anderen und auch Eddi, der sich eine Wurst geangelt hatte, taten es ihm gleich. Im feuchten Gras kühlten die Sachen schnell ab, sodass sie gleich darauf mit ihrer Beute im Maul davon liefen. Auch das Ablenkungskommando war schon eingetroffen und nahm sich seinen Teil. Sie wussten schon wie man das macht. Hinten suchten die Männer immer noch zwischen den Bäumen. Die Frauen quietschten: „Ach wie süß! Wo sind sie denn?"

Die Süßen waren aber schon längst den Berg hinauf, saßen jetzt hinter einem Wohnwagen und schmatzten mit Behagen. Das war mal wirklich was Gutes. Bandito würde stolz und neidisch sein. Aber die Nacht war noch lang. Wie sie Bandito kannten, brauchte der solche Aktionen nicht. Er konnte sich leise und ungesehen zwischen den Zelten und auch manchen Beinen hindurch schleichen und im geeigneten Augenblick blitzschnell ein Stück vom Grill klauen. So leise wie er sich anschleichen konnte, so schnell war er auch wieder verschwunden. Er wusste, dass die Leute spät in der Nacht nicht mehr wirklich aufmerksam waren. Sie redeten laut, weil ihre Musik laut war, und manchmal zankten sie auch. Da achtete keiner mehr auf einen einzelnen Waschbären. Entdeckten sie ihn doch einmal, dann war er schneller als die stolpernden, ungeschickten Zweibeiner. So geschah es auch in dieser Nacht. Erst im Morgengrauen trafen sie sich wieder unter dem verlassenen Wohnwagen unten am großen Wasser. Sie redeten nichts mehr. Alle waren satt, zufrieden und müde. Eddi rollte sich gemütlich wie ein Rad, legte seinen Schwanz über die Schnauze und schlief ein. Gelegentlich hatte er einen Schluckauf, wenn er von der Seife träumte. Das war ihm noch peinlich gewesen, aber jetzt war er ein ganzer Kerl und vor allen Dingen einmal wirklich satt.

Entführt

Wieder zog ein Morgen ins Waschbärenland. Hinter der Bergkette färbte die Sonne den Himmel in ein zartes Rosa, das hineinlief in das noch schüchterne Himmelsblau. Morgennebel stiegen aus dem Eichenwald. Auf dem Dach trommelten leise die Tropfen. Unter dem verlassenen Wohnwagen war es ganz still. Draußen auf dem See stand ein einsamer Angler im Kahn und wartete auf seinen Fisch. Aber Eddi hatte schon ausgeschlafen. Er reckte sich und schlich dann auf leisten Pfoten nach draußen. Der Regen hatte aufgehört, und er sah den Angler, betrachtete ihn eine Weile und machte sich so seine Gedanken, wie das ist mit dem See. Dann hörte er oben im Wald ein Geräusch. Es brummte so komisch und wurde lauter, wieder still, bis vier laute Schläge Eddi zusammenzucken ließen. Neugierig schlich er sich nach oben an den Weg hinter dem Waldrand. Da stand so ein blaues, stinkendes Ding, das seine Freunde „Stinker" nannten. Auf dem breiten Weg standen sie rechts und links, brachten die Menschen mit, große und kleine, dicke und dünne. Sie sahen alle anders aus. Nur ohne ihre ausziehbaren bunten Felle waren sie einheitlich nackt, glatt und meistens weiß. Kleine Stückchen ihrer Felle ließen sie an. Das alles sah für Waschbären so komisch aus. Waschbären waren auch groß und klein, aber ihr Fell sah ziemlich gleich aus.

Nun hatte sich Eddi herangeschlichen und konnte zum ersten Mal beobachten, wie diese Menschen ihre Pakete und Kisten zu ihrem Wohnwagen schleppten. Das roch schon wieder so gut, was die Kleine da in ihrem Korb trug. Hinten hatte dieser Stinker eine große Klappe, die jetzt offenstand. Eddi schlich an den anderen Stinkern entlang, bis er direkt hinter dem blauen stand. Der stank wirklich noch ganz schlimm. Das war kein Geruch, der ins Waschbärenland gehörte. Er wurde von den Stinkern mitgebracht. Wenn sie aber eine Weile standen, dann konnte man es ertragen. Aber Eddi war neugierig. Das Neugierigsein ist bei den Waschbären ganz normal. Ohne Neugierde würden sie kein Futter finden. Deswegen verlieren sie über diese Eigenschaft auch kein Wort. Aber bei den kleinen Menschen bemerkten sie, dass diese auch neugierig sind. Auch sie schlichen herum und untersuchten alles, was sie fanden. Vor allen Dingen wollten sie Waschbären finden. Eddi fand das lustig. Jetzt aber war er vor allem neugierig, was da noch in dem großen Loch hinten am Stinker sein könnte. Die Menschen waren fort, und er hörte sie unten am Platz reden. Hinter dem Stinker richtete er sich auf und reckte seinen Kopf weit hinein. Das roch da wirklich gar nicht so schlecht. Und weil das so war, sprang Eddi hinein. Ganz vertieft war er in die Untersuchung dieser weich gepolsterten Höhle, in

der noch ein Säckchen lag, das einen ganz besonderen Duft ausströmte.
Plötzlich hörte er wieder diese Stimme: „Verdammt! Könnt ihr denn den Kofferraum nicht zumachen?"
Es gab einen Knall, und die Klappe war zu. Eddi saß in einer dunklen Falle! Er war so erschrocken, dass er keinen Piep sagen konnte. Ganz starr drückte er sich in eine Ecke. Dann rüttelte und brummte es, und der Stinker setzte sich in Bewegung. Eddi war nicht mehr neugierig. Angst hatte er jetzt. Wäre er doch nur unten bei Bandito und Langschwanz geblieben. Doch die schliefen immer noch. Eddi fuhr einem neuen Abenteuer entgegen.

Es holperte ganz ordentlich und der kleine Waschbär wurde im dunklen Loch manchmal hin und her geworfen. Ängstlich krallten sich seine Pfoten auf dem Teppichboden fest. Doch das half wenig. Manchmal flog er an der Seite an die Wand. Er hatte zwar ein weiches Fell, aber noch keinen Speck auf den Rippen wie die dicken Alten. Zumal war es erst Frühjahr und so viele Beute hatten sie noch nicht gemacht. Dann wurde die Fahrt ruhiger. Noch dreimal sprang der Stinker über eine Schwelle, dass es Eddi nach oben an den Kofferraumdeckel fliegen ließ. Aber dann war es schon vorbei. Der Stinker stand auf einmal still. Eine Türe knallte. Irgendwie wurde Eddi jetzt wieder neugierig, was denn nun geschehen würde. Es geschah nichts. Das dauerte ziemlich lang. Wenn man auf etwas wartet, dann dauert es immer zu lange. Auch dem kleinen Waschbären erging das nicht anders.

„Ja dann hoffe ich, dass ihnen die Sachen schmecken werden. Immer mittwochs und am Samstag gibt es bei uns alles frisch."
„Danke. Wir wollen heute Abend schon grillen. Bis dann, tschüß!"

Eddi hatte nichts verstanden, nur das mit dem Grillen kannte er schon. Bei dem Gedanken lief ihm das Wasser schon wieder im Mund zusammen. Aber er hatte nicht viel Zeit dazu, denn die Klappe ging auf. Ohne viel nachzudenken sprang er mit einem gewaltigen Satz nach draußen und rannte los. Erst hinter einem Schuppen blieb er stehen und hörte die Leute reden: „Was war das denn?". Erschrocken hatte der Mann seinen Korb auf den Boden gestellt. Die dicke Frau lachte: „Ja, die Waschbären sind überall hier. Wenn man nicht aufpasst, dann fahren sie auch im Auto mit." Der Mann schüttelte den Kopf, knallte die Klappe zu und fuhr dann wieder weg.

Jetzt musste Eddi erst einmal tief durchschnaufen. Wo bin ich hier nur hingeraten, dachte er und schaute sich um. Da waren ein paar große Häuser, wie er sie noch nie gesehen hatte. In der anderen Richtung sah er große, grüne Wiesen und oben einen Waldrand. Aber er sah nichts, was er wirklich kannte. Aus einem der großen Häuser hörte er so Töne, die klangen wie „Muuuhhh" oder so.
In Fürstental am See hatte er das auch schon so gehört. Es kam da von gegenüber über dem See.
„Das sind Kühe", hatten sie ihm erklärt, „die fressen nur Gras, und liegen faul rum und dann kauen sie immer noch. Entschieden komische Viecher sind das."
Also hier wohnen diese komischen Kühe, dachte sich Eddi und schüttelte den Kopf. Das kam ihm alles nicht so geheuer vor und so trottete er durch die Wiese, ohne zu wissen wohin er jetzt kommen würde. Bis er dann vor sich ein Gesicht mit einer langen Schnauze sah, das hinten dran mit einem langen Fell auf vier kurzen Beinen und einem noch längeren dicken Schwanz auf ihn zu kam. Etwas erschrocken blieb der kleine Waschbär stehen. Das rote Fell kam näher und blieb direkt vor ihm stehen.
„Was machst Du hier?", fragte ihn das lange Fell etwas von oben herab, denn es war etwas größer als der kleine Eddi.
„Ich? Äh ich weiß nicht?"
„Du musst doch wissen, warum du hier bist."
„Der Stinker hat mich einfach mitgenommen."
„Was ist denn das, ein Stinker?"
„Na das Ding da oben!" Eddi schaute nach schräg oben, wo der Stinker gerade wieder in den Wald hinein fuhr.

„Das Ding stinkt zwar, aber es ist ein Auto“, sagte Eddis neue Bekanntschaft und schüttelte den Kopf über so viel Unwissenheit.
„Und wer bist du?“, fragte Eddi, der wieder mutiger geworden war.
„Ich bin ein Fuchs. Viele nennen mich auch Reineke, weil ich so schlau bin und alles weiß. Über mich haben sie schon viele Geschichten geschrieben.“
„Und ich war in der Zeitung!“ Eddi wusste zwar nicht was das ist so eine Zeitung, aber der Zweibeiner damals am Vollverpflegungsheim mit dem blitzenden Auge, der hatte das gesagt.
„Aha!“, staunte der Fuchs, „du bist also eine kleine Berühmtheit? Und wie nennen sie dich?“
„Eddi natürlich.“ Er war jetzt schon wieder richtig vorwitzig geworden, weil er sich nicht mehr fürchtete. Er erzählte auch gleich, dass er schon eine Wurst von einem Grill geklaut hatte.
„Und? Hast du auch einen Namen?“
Der Fuchs richtete sich auf und erwiderte stolz: „Ich bin der große Reineke, Fuchs von Basdorf und Umgebung!“ Würdevoll langsam sprach er diesen Satz und beobachtet seine Wirkung auf den kleinen Eddi.
„Das ist ein mächtig langer Name, fast so lang wie dein Schwanz. Ich habe bei mir zu Hause auch einen Freund, der heißt Langschwanz und versteht sich auf die Grill-Jagd zusammen mit den Kumpels.“
„Ich arbeite lieber alleine und halte nichts von der Jagd. So etwas machen hier nur die zweibeinigen Menschen in grünen Kleidern. Sie sind hinter meinem Fell her. Aber ich bin schlauer.“
„Wollen wir Freunde sein?“, fragte der kleine Waschbär ganz leise, denn er war vom Fuchs sehr beeindruckt.
„Aber gerne, lieber Eddi. Du darfst mich auch ganz einfach ‚großer Meister’ nennen, das ist kürzer und für dich leichter zu merken.“
„Prima, großer Meister“, sagte Eddi, „du darfst mich auch ganz einfach Eddi nennen, obwohl mein ganzer Name auch ‚Eddi von Fürstental’ lautet.“

Nun musste selbst der schlaue Fuchs lachen, denn ihm gefiel dieser kleine Waschbär. Er hatte die Waschbären schon immer im Wald auch um den Campingplatz herum beobachtet, aber so ein nettes Gespräch hatte er noch nie geführt. Sie waren doch ganz anders, als er sich das so gedacht hatte. Manchmal ist es gut, wenn man sich näher kennenlernt. Aber was sollte jetzt geschehen?

Suchaktion

„Wach auf Bandito!“ Langschwanz schüttelte am alten Waschbären, der nur brummte und sich auf die andere Seite drehte. Der Alte hat einen Schlaf wie ein Bär, dachte Langschwanz. Aber die anderen Kumpels waren munter geworden und schauten Langschwanz fragend an.

„Er ist weg, einfach weg. Ich habe schon draußen nachgeschaut und nur den Angler auf dem Wasser gesehen. Hoffentlich ist er nicht bei den Booten. Der kennt das doch noch nicht."
„Wer ist weg?", fragte einer, der noch nicht richtig wach war.
„Der Eddi natürlich, wer sonst?", antwortet Langschwanz ein bisschen empört.
„Wir sollten ihn suchen", rief einer der Kumpels.
„Ja los, aber wie sucht man?" Alle schauten erwartungsvoll zu Langschwanz.
Der aber überlegte nicht lange: „Wir bilden zwei Gruppen. Eine sucht unten am Weg entlang und bei den Booten, die anderen kommen mit mir." Kaum hatte er das gesagt, da sprang er auch schon voraus und den Berg hinauf. Drei liefen zum großen Wasser und den Booten, und der Rest versuchte Langschwanz einzuholen. Der hatte die Nase am Boden, wie er es beim Hund der Försterin schon einmal gesehen hatte. Mit so einem Köter nehme ich es immer noch auf, dachte er. Aber Eddi roch er nicht. Doch dann hörte er, wie jemand aufgeregt und laut an einem der Wohnwagen auf dem Platz erzählte: „Das glaubt ihr nicht, was ich euch jetzt erzähle." Eine Frau, das Mädchen und ein kleiner Junge kamen herbeigelaufen und hörten zu.
„Als ich oben in Basdorf bei dem Bauernhof war, um die Grillsachen und die Eier zu holen, da sprang aus dem Kofferraum ein kleiner Waschbär. Er muss sich wohl darin versteckt haben, als ihr die Klappe offen gelassen habt." Verwundert schauten sich die drei Zuhörer an und bemerkten nicht, wie sich Langschwanz inzwischen herangeschlichen hatte und in der Hecke lauschte.
„Wo ist das Waschbärchen jetzt", fragte der kleine Junge ängstlich.
„Du hast ihn doch nicht da oben alleine gelassen?", fragte das Mädchen, und die Mutter schüttelte nur den Kopf.
„Der war schneller wieder weg als der Blitz", verteidigte sich der Mann.
„Was lasst ihr auch immer die Kofferraumklappe offen. Um alles muss ich mich kümmern. Hättet ihr nicht vergessen, die Sachen gleich zu kaufen, als wir durch Basdorf fuhren, dann hätte ich

nicht noch einmal den Waldweg hinauf gemusst. Und überhaupt….." Ihm waren die Worte ausgegangen.
„Hätte, hätte, immer sind wir es gewesen“, entrüstete sich die Mutter und packte weiter die Sachen aus. Was die immer alles mitnehmen müssen, und an mir hängt es dann wieder, dachte sie. Für sie war die Sache erledigt. Langschwanz hatte genug gehört und rannte zurück zum alten Wohnwagen unten am See, der Suchtrupp folgte ihm. Dort saßen die Seeabsucher mit hängenden Köpfchen. Auch sie hatten nichts gefunden. Bandito schlief noch immer. Jetzt brüllte ihn Langschwanz an: „Wach auf alter Knochen“, erschrocken über soviel Mut dachte er dabei: Hoffentlich hat er das nicht gehört. Aber Bandito hob nur seinen Schwanz, reckte sich und öffnete kleine Augenschlitze.
„Seid ihr denn blöd?“, fragte er knurrend.
„Um diese Zeit schläft ein ordentlicher Waschbär noch.“ Dabei schaute er unter dem Wagen hervor und sah die Sonne zwischen den Bäumen am Ufer.
„Es ist noch nicht einmal Mittag“, schon wollte er sich wieder hinlegen, da berichtete Langschwanz: „Eddi ist entführt worden!“ Jetzt sprang Bandito auf und bemerkte nun auch, dass Eddi fehlte.
„Was, wo, wie“, fragte er und dabei stellte sich sein Rückenfell nach oben, wie er es bei Minka, seiner Katzenfreundin, gesehen hatte.
„Er ist in einem der Stinker im Kofferraum nach Basdorf gefahren“, berichtete Langschwanz aufgeregt.
„Woher weißt du das?“, Bandito baute sich vor Langschwanz in seiner ganzen Größe auf, sodass klar war, wer jetzt hier wieder der Anführer war.
„Ich habe eine Suchaktion organisiert und dabei von den Leuten da oben gehört, dass er im Kofferraum gesessen und mit zum Bauernhof in Basdorf gefahren ist“. Langschwanz war aufgeregt und doch stolz, was er da ermittelt hatte. Die anderen Waschbären standen herum und nickten mit den Köpfchen, aber trauten sich nicht, etwas zu sagen.

„So, so! Eine Suchaktion also“, wiederholte Bandito, „dann wollen wir mal los. Folgt mir, aber unauffällig.“ Bandito schlich sich voraus am Kiosk vorbei, wo die Türe wie immer offenstand, und dann hinauf in den Wald. Alle wunderten sich, wie schnell Bandito auf seine alten Tage noch sein konnte. Sie schnauften ganz schön, als er dann stehen blieb und wartete, bis sich alle wieder um ihn versammelt hatten.

Unten am Kiosk saß neben der Türe auf einer kleinen Terrasse mit Bank der Platzwart, neben ihm die alte Katze Minka. Wo rennen die denn hin, dachte sie und dass ihr das heute viel zu beschwerlich wäre. Früher, ja da wäre sie vermutlich heimlich mitgelaufen. Aber nun? „Als solches ist das sehr ungewöhnlich“, sagte der Platzwart und schaute den Waschbären hinterher, aber trank dann doch seinen Kaffee.
„Also passt auf“, sagte Bandito noch etwas außer Atem, denn auch für ihn war so ein Start kurz nach dem Aufstehen schon etwas anstrengend. Zumal er noch nicht ausgeschlafen hatte. Aber das musste man sich ja nicht anmerken lassen.
„Wir machen das so.“ Und jetzt entwickelte er einen Plan, wie man schnell weiter den Berg hinauf laufen und sich dann oben aufteilen wollte, um Eddi in Basdorf wieder zu finden. Das war keine leichte Aufgabe, denn das Gelände war groß und nicht allen wirklich gut bekannt. Nur Bandito kannte auch da oben jedes Haus, ebenso Langschwanz. Als sie noch jung waren, da stöberten sie auf jedem Hof herum. Damals gab es auf dem Campingplatz noch nicht so viel, was die Leute einfach herumliegen ließen. Jetzt aber galt es, Eddi zu finden.
„Komm, ich zeige dir etwas, kleiner Eddi von Fürstental“, sagte Reineke, Fuchs von Basdorf und Umgebung, zum kleinen Waschbären.
„Ich zeige dir mein Revier!“
„Was ist ein Revier?“, fragte Eddi schüchtern und stellte sich neben den Fuchs, denn nun sollte es ja losgehen.
„Ein Revier, lieber Eddi, das ist ein großes Gebiet, das nur von mir bestrichen wird.“

„Bestrichen? Mit was?“ Eddi verstand nichts.
„Was lernt ihr Waschbären eigentlich?“, fragte Reineke.
„Ein Revier, das ist ein großes Gebiet, das nur ich bestreiche, also in dem nur ich jage, also etwas suche und dann klaue.“
„Aha, klauen, das machen wir auch!“ Eddi nickte nun verständig mit dem Kopf und dachte sich, dass so ein Fuchs ziemlich geschraubt sprach. Waschbären nahmen sich nicht so wichtig. Vielleicht liegt es daran, dass wir nicht alles alleine machen wollen wie dieser Fuchs, ging es ihm noch durch den Kopf als sie losliefen; der Fuchs voraus und der kleine Waschbär hinterher. Durchs hohe Gras ging der Weg. Eddi sah außer dem langen, dicken Schwanz vor sich nichts weiter. Plötzlich blieb sein neuer Freund stehen und hob die Schnauze in den Wind. Dann duckte er sich und sprang wie aus einer Pistole geschossen mit beiden Beinen voraus im hohen Bogen über das Gras. Es quietschte vorne kurz. Reineke drehte sich um und hielt eine Maus im Maul. Zweimal noch biss er zu und verschlag sie so schnell, dass Eddi noch immer mit offenem Mund dastand und kein Wort sprechen konnte.
„So fängt man Mäuse! Mach den Mund wieder zu.“ Sprachlos war der kleine Waschbär. Sie hatten ihm zwar erzählt, dass die alte Katze Minka das früher auch so gemacht hätte. Stundenlang habe sie vor einem Mauseloch gesessen. Aber gesehen hatte er so etwas noch nie.
„Du bist ein großer Jäger, wie Minka, als sie noch jung war“, sagte Eddi bewundernd, als er seine Sprache wiedergefunden hatte.
„Das ist doch nur eine Kleinigkeit.“ Der stolze Fuchs genoss diese Bewunderung, denn er war meist alleine und schon etwas gelangweilt, dass er sich immer selber bewundern musste. Jetzt war er froh, diesen kleinen Eddi zum Freund zu haben. Während sie weiter durchs Gras trotteten erzählte er, wie er in jungen Jahren die Hühner von den Höfen der Bauern gefangen hatte. Ja das waren Heldentaten, denn dort gab es auch die Hofhunde. Die konnten ganz schön unangenehm werden. Einmal habe er auch eine Gans gestohlen. Eddi hörte und staunte und traute sich

kaum noch eine Frage zu stellen, denn der Fuchs erzählte und erzählte und geriet dabei richtig ins Schwärmen.
„Heutzutage haben die Bauern alles ganz schön sicher gemacht. Sie denken eben nur noch an sich und haben für uns Füchse nichts übrig."
Jetzt dachte sich Eddi, dass die Waschbären vielleicht doch ein bisschen schlauer seien und ihm fiel ein, wie sie mit Ablenkungsmanövern beim Pfingstlager die Sachen vom Grill der Leute unten am See geklaut hatten. Er erzählte davon aber nichts, denn er wollte die Freude seines neuen Freundes nicht stören.
Schwärmend erzählte dieser weiter: „In der letzten Zeit aber sehe ich immer öfter auch wieder die Hühner im Freien herumlaufen. Sie nennen das Bio. Ich finde Bio auch gut!."
„Bio ist, wenn sie frei laufen und nicht eingesperrt sind?", fragte Eddi dann doch.
„Du lernst schnell, kleines Kerlchen. Aus dir wäre auch ein guter Fuchs geworden."
Dabei merkten die beiden neuen Freunde nicht, wie oben am Waldrand wie auf ein Kommando alle Waschbären auf die frisch gemähte Wiese liefen. Alle 10 Meter lief einer. Immer wieder blieben sie stehen, richteten sich auf und schauten. Unten ein paar hundert Meter weiter lag das Dorf. Viele große Häuser versammelten sich um eine Kirche mit hohem Turm. Bandito und Langschwanz liefen vor allen, bis Bandito plötzlich stehen blieb und die Nase nach oben in Wind hielt, der von unten heraufwehte.
„Den Geruch kenne ich!" Bandito war richtig aufgeregt. Er schaute zu Langschwanz neben sich.
„Das ist Reineke, Fuchs von Basdorf und Umgebung! Der alte Kerl wird sich doch nicht unseren Eddi geschappt haben?" Er traute dem Kerl nicht über den Weg. Und dann sah er die Beiden. Sie liefen zu einer Feldscheune. Der alte Fuchs erzählte und erzählte und hinter ihm lief Eddi.
„Wir haben ihn gefunden", rief Langschwanz. Alle Waschbären versammelten sich wieder.

„Wo?“, fragten einige etwas doof. Bandito richtete sich auf und schaute zur Feldscheune. Jetzt sahen es die anderen auch. Sie kreischten wild umher und sprangen in die Höhe.
„Schau großer Meister“, rief Eddi, „da oben sind meine Kumpels, sie springen und fangen Mäuse!“

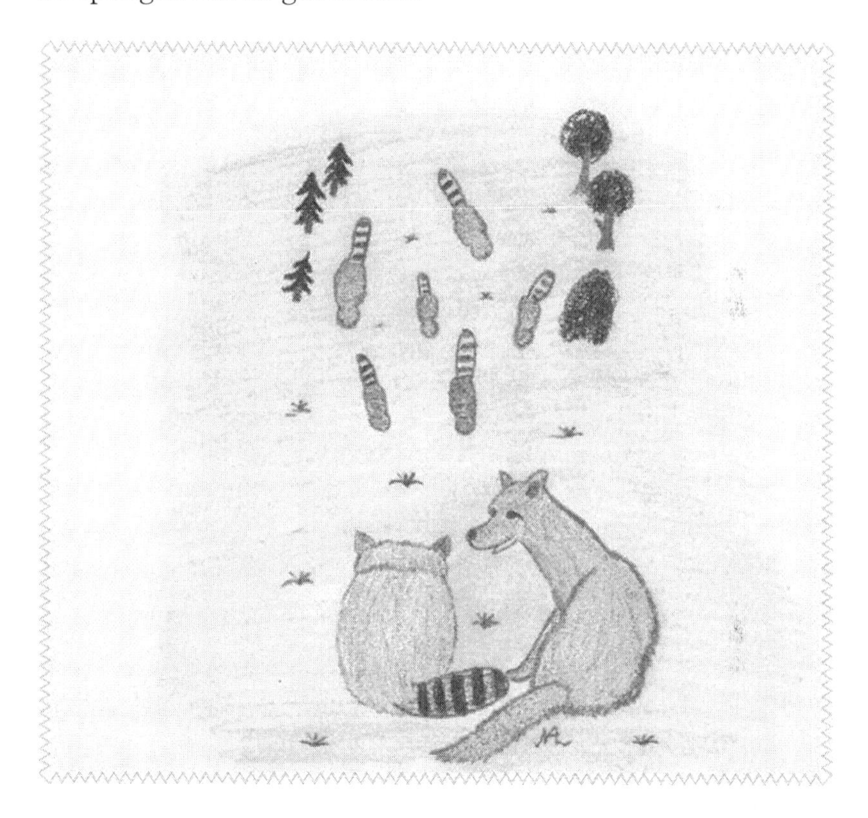

Der Kiosk brennt

„Hüte Dich vor dem Luchs und der Jägerin. Besuch mich mal wieder, Freund!“, hatte Reineke ihm noch hinterher gerufen. Eddi hörte es auch, aber da umringten ihn schon seine Freunde und stellten so viele Fragen, dass er nicht eine davon verstand. Bandito und Langschwanz trotteten in Richtung Waldrand davon. Bei den ersten Bäumen blieben sie stehen und Langschwanz rief: „Kommt jetzt, verdammte Bande, wir wollen heim." Eddi hörte es trotz des Geschreis, das seine Kumpels veranstalteten und lief los, die Meute hinterher.

Im Wald folgten sie den beiden Anführern, die nicht den direkten Weg nahmen, sondern der Straße folgten. Es war ein mit Schotter befestigter Weg. Nur wer zum Campingplatz wollte oder von dort kam benutzte ihn. Natürlich gingen gelegentlich auch ein paar Wanderer von irgendwo nach irgendwo. Aber heute war es ruhig, und so rannte die Bande den Weg hinab. Eddi blieb immer mal wieder stehen und schaute zwischen den Bäumen hindurch hinunter zum See. Er wusste nicht was eine Heimat ist, aber er fühlte so etwas, was ihm sagte, dass er gerne hier lebte. Es gab auch so viel zu entdecken. Mit solchen Gedanken konnte er sich jedoch nicht lange aufhalten, denn Bandito und Langschwanz legten ein schnelles Tempo vor. In den engen Kurven kreischten Eddi und seine Kumpels, wenn sie sich gegenseitig anrempelten. Einer von ihnen überschlug sich dabei und rollte ein Stück den Hang hinunter. Peinlich, peinlich! Eddi sagte es nicht, denn er erinnerte sich an seine eigene Peinlichkeit - damals in der Mülltonne.

Bevor sie ganz unten angelangt waren, bog Bandito nach rechts in den Wald ab und wartete. Im nassen Laub fand er irgendetwas, was er genüsslich verspeiste.
„Wir bleiben hier oben zwischen den Bäumen", rief er der Meute zu. Unten am Weg standen die Stinker. Er wollte nicht riskieren, dass wieder jemand in einen offenen Kofferraum sprang und dann alle nach ihm suchen mussten. Eddi aber schaute schon, ob er den Stinker erkennen konnte, der ihm zu seinem unfreiwilligen Abenteuer verholfen hatte. Doch er kannte sich mit den Automarken nicht so aus. Irgendwie sahen die alle gleich aus.

„Was stinkt denn hier so angebrannt?". Langschwanz war stehengeblieben, richtete sich auf den Hinterbeinen auf und streckte seine Nase nach oben. Auch Bandito prüfte, woher das kam. Es war eindeutig. Da vorne beim Kiosk war etwas nicht in Ordnung. Das waren keine Wohlgerüche, wie sie es vom Grillen kannten. Das war auch kein kleines Lagerfeuer. Das war so ein beißender Geruch, den sie noch nie in ihre Nasen bekommen hatten. Waschbären haben sehr empfindliche Nasen. Sie sind viele Male empfindlicher als die Nasen der Menschen. Vermutlich rochen sie die Gefahr auch viel früher, als es die Menschen je könnten. Alle waren still, bis Bandito rief: „Los wir sehen nach, was da passiert ist!“ So schlichen sie schnell durch den Wald, und man hörte nur das trockene Laub rascheln unter den vielen, schnellen Pfoten.

Bandito war als Erster ein Stückchen oberhalb des Kiosks angekommen. Die Türe stand offen. Links davon war die Gaststätte und dahinter noch einige Räume, in denen sie nie gewesen waren. Der beißende Geruch kam aus der Türe. Bandito wusste instinktiv, dass da etwas nicht in Ordnung war. Niemand war in der Nähe. Auch auf dem Campingplatz war es ungewöhnlich still.
„Ihr bleibt hier. Langschwanz komm, wir gehen da rein!“ Alle bewunderten nun den mutigen Bandito, der sich gefolgt von Langschwanz tief geduckt in den Eingang wagte. Ganz unten am Fußboden ging es noch, aber oben an der Decke zog schon ein dunkler Rauch zur Türe. Eddi und seine Kumpels waren mucksmäuschenstill. Tief geduckt hockten sie da. Nur ihre langen Schwänze schlugen schon mal vor lauter Aufregung umher. Im Kiosk stand die Schiebetüre zur Küche offen. Zu einer anderen Zeit hätten die Beiden sicher versucht, einen leckeren Happen zu erwischen, doch jetzt folgten sie dem Qualm, der immer dichter wurde. Über einen Flur gelangten sie zu einer offenen Türe. Bandito schaute nur kurz hinein und sah eine weiße Maschine, hinter der im dichten Rauch kleine Flammen nach oben zuckten. Er wusste nicht, dass es ein Trockner war, dessen Stromleitung zu brennen begonnen hatte. Aber er spürte, dass es hier gleich ganz, ganz gefährlich werden würde. So drehte er sich um und

rannte so schnell er konnte gefolgt von seinem Kumpel wieder durch die Küche und den Kiosk nach draußen.

„Es brennt, es brennt! Rettet euch! Es brennt gleich das ganze Haus und dann der Wald! Hilfe, es brennt!“. So hatten die Waschbären ihren Bandito noch nie erlebt. Alle fingen an herumzurennen und dazu ein mörderisches Geschrei aufzuführen. Das war viel schlimmer als eine Feuerwehrsirene. So etwas kannten sie auch gar nicht. Die Feuerwehr war hier noch nie gewesen. Vom Geschrei der Waschbären aufgescheucht kam die Kneiperin herbeigeeilt.
„Kneiperin“ nannte der Platzwart die Frau, die die Gastwirtschaft und den Kiosk betrieb. Sie verschwand im Kiosk. Irgendwas machte sie da drin. Sie hatten nun mit dem Geschrei aufgehört und sich unter Büschen versteckt. Eddi zitterte am ganzen Körper vor lauter Aufregung. Seine Kumpels neben ihm zitterten auch. Nach einer Weile wurden unten am Haus alle Türen und Fenster aufgerissen, und der Qualm verzog sich. Sie hatte das Feuer gelöscht.

Gott sei Dank, dachte Eddi, der schon fürchtete, dass es künftig dort kein Eis mehr geben würde. Manchmal fiel einem Kind das Eis aus der Hand, und während es noch plärrte und die Mama schimpfte, konnte er schnell hinlaufen. Das Eis im kleinen Maul, war er schnell davon und leckte es dann unter einem Busch mit viel Genuss! Das waren Höhepunkte! Unten am Kiosk erzählte die Kneiperin den herbeigeeilten Leuten etwas von einer überlasteten Stromleitung, und dass man jetzt endlich alles neu machen müsse. Es sei noch einmal gut gegangen. Schon am nächsten Tag war wieder alles in Ordnung.

„Ohne die Waschbären wäre das hier eine Katastrophe geworden“, hörten sie unter ihrem Wohnwagen sitzend wie die Menschen nebenan redeten. Eddi war mächtig stolz auf seine Kumpels und den mutigen Bandito. Der aber begann zu erzählen, wie er einmal oben in Basdorf auf einem Feuerwehrfest war. Aber da schliefen sie schon alle. Ich erzähle es ihnen vielleicht später einmal, dachte er und schlief dann auch.

Wie aus Eddi ein Pirat wurde

Die Geschehnisse der letzten Tage um seine Entführung, den Fuchs von Basdorf, der Freund geworden war, und schließlich das Feuer hatten den kleinen Eddi so aus dem Gewohnten gebracht, dass er eines morgens aufwachte, als die Anderen nach ihren nächtlichen Streifzügen schon wieder schliefen. Er kroch aus dem Versteck, stellte sich auf seine Hinterbeine und reckte die Arme ganz nach oben. Dabei riss er sein kleines Maul so weit auf, dass er eine vorüber fliegende Amsel fast zwischen seine kleinen aber scharfen Zähne bekommen hätte. Die erschreckte sich und ließ den gerade gefangen Wurm los, der in Eddis offenes Mäulchen fiel. Der verschluckte sich an dem unerwarteten Happen, bedankte sich aber noch bei der Amsel. Doch sie war schon in den Bäumen am Ufer mit lautem Schimpfen verschwunden. Der Tag fängt gut an, dachte sich Eddi.

Voller Tatendrang und Hunger im Bauch machte er sich auf den Weg. Gestern waren neue Camper angekommen, die ihre Zelte entlang der Wiese aufgestellt hatten, die sie hier Waschbärenwiese nannten. Oberhalb führte ein kleiner Pfad entlang. Den nahmen die Waschbären immer, wenn sie unterwegs zu den Müllcontainern waren, die sie in der Waschbärensprache „Vollverpflegungsheim" nannten. Heute suchte Eddi die Zelte ab. Auf leisen Pfoten umschlich er sie im vom Morgentau noch nassen Gras. Gleich beim ersten Zelt knurrte es. Aber Eddi wusste, dass manche Menschen im Schlaf solche Geräusche machen. Seine Kumpels hatten ihm erklärt, dass das ein gutes Zeichen sei und man sorglos ihre Sachen durchwühlen konnte, die sie draußen liegen gelassen hatten. Das machte nun auch Eddi so. Er fand eine angefangene Schokoladentafel und eine Tüte Gummibärchen. Natürlich wusste er nicht, was das alles für Namen hat. Er wusste nur, ob es schmeckte. Alles schmeckte ihm. Die Gummibärchen aber blieben zwischen seinen Zähnen hängen, was ihn jedoch nicht störte. Einen angenagten Apfel schmatzte er mit großem Genuss. So schlich er um das letzte kleine Zelt oben auf der Wiese, hockte sich daneben und schaute herunter zum See. Plötzlich schob sich zwischen dem offenen Reißverschluss ein kleiner Kopf nach draußen. Eddi war ziemlich erschrocken und der kleine Junge auch, als sie sich so direkt in die Augen schauten. Vielleicht war es auch ein kleines Mädchen, aber das war jetzt unwichtig. Als er schon oben auf dem Pfad war, hörte er wie unten gerufen wurde: „Mutti, Mutti! Da draußen ist ein riesiger Waschbär!" Riesig? Das gefiel Eddi. Schnell huschte er weiter. Dann kroch eine Frau aus dem Zelt, stand auf und reckte sich, wie zuvor Eddi.

„Ich sehe keine Waschbären. Du hast wohl geträumt", hörte er noch.

Kurz vor dem Spielplatz blieb Eddi sitzen. Da graste die kleine Herde Wildschafe. Das sind sonderbare Gesellen, dachte er. Einige haben so rund gedrehte Hörner am Kopf. Ihm war nicht klar, wozu die nützlich sein sollten. Sie schienen auch einen langweiligen Geschmack zu haben, denn sie fraßen immer nur Gras oder knabberten an Hecken. Einen lieben Blick haben sie, und Eddi sah ihnen gerne zu.
Die kleinen Lämmer waren neugieriger, sprangen kurz auf ihn zu und rannten dann wieder weg. Aber sie waren eben nicht so gesprächig und wenn sie „bööööh" riefen, dann verstand er nicht, was sie meinten. Jetzt war der Spielplatz leer. Die Kinder schliefen sicher noch. Neulich hatte er hier zugeschaut, was sie für Spiele machten. Einer von ihnen war ein mächtiger Angeber. Er hatte ein Tuch um den Kopf gebunden und vor einem Auge eine schwarze Klappe, schwang einen Stock und rief ständig: „Ich bin ein Pirat, ich befahre die Meere und Seen, raube das Gold, komm Seemannsbraut sei mir hold." Dabei rannte er über den Platz und schlug mit dem Stock an die Hecken. Die anderen Kinder liefen ihm hinter, kreischten auch herum. Einige ließen sich in den Sand fallen, dass Eddi sich ernsthaft sorgte, ob ihnen etwas Böses geschehen sei. Aber dann sprangen sie wieder auf und rannten weiter.
„Ich bin ein Pirat und fahre mit meinem Schiff über den See, oheeeee!" Eddi fand das schon ganz schön spannend. Nun lief er hinunter zum See. Vielleicht gab es da auch ein Abenteuer zu erleben. Mit Schokolade und Gummibärchen im Bauch ist ein kleiner Waschbär so richtig mutig und zu allem bereit. Die Wildschafe schauten ihm erstaunt nach, als er die Wiese entlang nach unten zum Wasser stürmte. Eddi wollte den See entdecken.

Kleine Nebelwölkchen hingen noch über dem Wasser, als Eddi am Schwimmsteg vor dem alten Ferienheim angekommen war. Er hörte zwar eine Dusche unten im Erdgeschoss rauschen, aber

sonst war alles still. Den Steg, wo sonst die Kinder planschten und Boote am Ufer lagen, wollte er schon immer mal untersuchen, denn er war neugierig wie alle Kleinen es sind. Zwischen Steg und Ufer schwamm etwas im Wasser, was seine Aufmerksamkeit wie magisch anzog. Es war ein rundherum angebissener Apfel. Geschickt fingerte Eddi ihn aus dem Wasser und dann schmatze er zufrieden.
Kleine Waschbären haben immer Hunger, auch wenn sie gerade erst Gummibärchen und Schokolade geklaut haben. Was die Menschen für tolle Sachen wegwerfen, dachte sich Eddi. Aber ihm sollte es recht sein. Lange dauerte das kleine Frühstück nicht und schon tastete er sich vorsichtig auf die schwarzen Kunststoffwürfel, die irgendwie miteinander verbunden waren. Die Morgensonne hatte sie schon erwärmt. Das war ein neues Gefühl für Eddi unter seinen Pfoten. Auch schwankte es ein bisschen. Aber er war furchtlos.
Vorne zum See hin lag ein buntes Schlauchboot. Das hatte er auch schon auf dem Wasser gesehen und die Kinder, die darin saßen. Mit zwei Ästen, die vorne breit waren *(Menschen nennen sie Paddel)*, platschten sie im Wasser herum und kamen so irgendwie vorwärts. Jetzt wollte er untersuchen, was das für ein Ding ist, das bunte Schlauchboot. Am Boot angekommen schaute der kleine neugierige Waschbär hinein und war entzückt. Da lag doch noch so ein roter Apfel. Aber dieser war noch nicht angebissen. Eddi dachte nicht erst lange nach, sondern sprang mit einem mächtigen Sprung mitten in das Schlauchboot. Er hatte den Apfel schon zwischen den Zähnen, als er merkte, dass mit ihm das Boot durch seinen Sprung auf den See hinaus getrieben war. Eine kurze Leine, die wohl nicht richtig fest gewesen war, schwamm hintendran.

Vor Schreck fiel ihm der Apfel wieder aus dem Maul, und das stand noch eine Weile offen, so als hätte Bandito wieder eine Abenteuergeschichte erzählt. Was jetzt? Ein leichter Morgenwind hatte das Schlauchboot nun schon einige Meter vom Ufer weg auf den See getrieben. Angst verspürte Eddi nicht. Das war ja ein

tolles Ding. Er fuhr auf dem Wasser. Das war es! Ich bin ein Pirat und fahre auf dem See, dachte er. Der dicke äußere Ring des Bootes war so hoch, dass er gerade mal über ihn hinwegsehen konnte, wenn er sich aufrichtete. Aber jetzt schnappte er sich dann doch zunächst wieder den Apfel und verzehrte ihn mit Genuss. Dabei tropfte der Saft aus seinem Mund. Kleine Stückchen fielen beim Abbeißen auf den Boden. Aber nichts blieb übrig, er schleckte alles restlos auf. Unterdessen hatte er schon fast die Mitte des Sees erreicht. Das war ein Abenteuer. Mit seinen Vorderpfoten stellte er sich auf den Bootsrand und rief laut, dass es über den See schallte: „Huurraaaa! Ich bin ein Pirat und fahre über den See, oheee!". So wie er es bei den Kindern gehört hatte. Nur eben alles in der Waschbärensprache. Das klang am Ufer wie ein lautes Kreischen. Die Kinder, die inzwischen in den Waschräumen des Holzhauses waren, hörten das natürlich und stürmten hinaus. Sie rannten hinunter zum schwarzen Steg und riefen: „Da hat ein Waschbär ein Schlauchboot geklaut!"
„Hilfe", rief eines der Kinder, „der Waschbär hat mein Boot, Hilfe!" Oben auf der Veranda erschien der Platzwart und brummte sich in den Bart: „Als solches klauen Waschbären keine Boote. Ihr sollt sie auch nicht da im Wasser liegen lassen, sondern aufs Ufer ziehen." Vom Tumult waren auch Bandito und seine Waschbärenbande wach geworden. Sie schlichen sich ins Ufergehölz und sahen da draußen auf dem See ihren Eddi, der sich immer noch als Pirat fühle. Der Wind war inzwischen stärker geworden und trieb nun das Boot recht schnell übers Wasser. Seine Kumpel riefen besorgt: „Eddi! Spring ins Wasser, du treibst ab, vielleicht bis zur Staumauer. Da ist es gefährlich! Spring!"
Der Pirat hörte das und schrie zurück: „Ich kann nicht auf dem Wasser laufen. Das habe ich noch nie gemacht!"
„Du sollst auch nicht auf dem Wasser laufen, sondern im Wasser sollst du laufen. Waschbären können das."
Am Steg waren nun auch die Eltern der Kinder eingetroffen. Ein Mann wurde aufgefordert, hinauszuschwimmen und das Boot mit dem kleinen Waschbären zu retten.

„In das kalte Wasser springe ich nicht!“, wehrte er sich entrüstet, griff zum Handy und rief die DLRG-Station an, die nicht weit in einer Biegung des Sees eine Wachstation betreibt. Sie hatten durch ihr Fernglas die Situation schon erkannt, die unüberhörbar im sonst stillen Morgen für Tumult sorgte. Schnell war das rote Rettungsboot mit dem großen Motor gestartet und fuhr schon auf den See hinaus. In weitem Bogen kam es auf das Piratenschiff zu. Dabei blitzte zur Freude der Kinderschar das Blaulicht und machte alles richtig dramatisch.

Nun wurde es dem mutigen Piraten im Schlauchboot doch etwas mulmig zumute. Er sprang hin und her, rief nichts mehr von der Seefahrt und landet schließlich nach einem tollen Sprung im Wasser. Kalt und grün war es um ihn herum. Doch gleich darauf tauchte sein Kopf wieder aus dem Wasser auf. Und wie immer, wenn er vor etwas davon rannte, rannte er auch jetzt los. Dabei staunte er nicht schlecht, dass er voran kam, ziemlich schnell sogar. Am Ufer riefen die Kinder: „Schau mal, der Waschbär schwimmt!“ Seine Kumpel hatten sich an einer offenen Stelle am Ufer versammelt. Dorthin schwamm Eddi, der im Wasser lief, was ihm jetzt richtig gut gefiel. Er hatte schon fast die Hälfte der Strecke zum Ufer zurückgelegt, als hinter ihm das DLRG-Rettungsboot stoppte. Einer der Helfer griff sich das Schlauchboot und hielt es an der Seite fest. Während der Rückfahrt zur Station blieb das Blaulicht aus. Die Rettungsaktion war erfolgreich. Eddi mussten sie nicht retten, denn kleine Waschbären können schwimmen.
Als Eddi am Ufer aus dem Wasser stieg, sah er ziemlich dünn aus. Sein Fell lag ihm glatt und von Wasser triefend am Körper. Er schüttelte sich und spritzte dabei Bandito, Langschwanz und alle Freunde so nass, als wären sie unter der Dusche.
Sie freuten sich über seinen Mut.
Eddi aber sagte richtig stolz nur: „Ich bin ein Pirat, und ich fuhr über den See!“

Eddis Freundin

Natürlich blieb Eddis Piratenstück nicht ohne Folgen. Er war fortan nicht mehr der Kleine, auf den man hätte aufpassen müssen. Bandito war stolz auf ihn. Gelegentlich erzählte er von eigenen Heldentaten. Aber von diesen wollen wir vielleicht später noch berichten. Der kleine Waschbär war zwar immer noch klein. Die Anderen aber sahen ihn nun als echten Abenteurer. Die neue Rolle gefiel ihm. Es blieb ihm auch nicht unbemerkt, dass eine kleine Waschbärendame sich immer häufiger in seiner Nähe aufhielt. Heimlich gab er ihr den Namen „Sternchen". Sie hatte zwei so leuchtende Augen, wenn sie ihn ansah. Meist sah er dann verlegen weg. An einem Abend aber, als er auf dem Weg zum Spielplatz war, folgte sie ihm. Er flitzte wieder den langen Weg am Waldrand entlang und kam oben an dem Wohnwagen vorbei, dem er schon häufiger einen Besuch abgestattet hatte. Der Weg

zu seiner Buche führte hier auch vorbei. Ein Stückchen weiter standen die Müllcontainer, die in der Waschbärensprache „Vollverpflegungsheim“ heißen. Auch an diesem Abend bog er vom Weg ab auf die kleine Treppe und war am Wohnwagen. Anders als sonst, saß da ein Mensch, der ihn ansprach: „Na Eddi, auch mal wieder hier?“ Einen Moment stutze er. Woher kennt der meinen Namen? Aber er rannte schnell weiter und wieder zurück auf seinen Weg. Da wartete schon Sternchen. Eddi sagte nur: „Komm!“, und lief weiter zum Spielplatz. Sternchen folgte ihm, und nun saßen sie zusammen in den Sträuchern oberhalb der Spielgeräte. Auf einem Klettergerüst beobachteten sie einen kleinen Jungen und ein Mädchen. Die hielten solche Dinger am Ohr, für die es in der Waschbärensprache keinen Namen gibt.
„Hast Du guten Empfang?“
„Ja ich verstehe dich!“
„Ich leg jetzt auf. Lass es mal bei mir klingeln.“
„Over and out.“
„Over and out.“
Kurz darauf ertönte bei dem Jungen aus dem Ding ein Klingelton.
„Hallo, wer da?“
„Ich natürlich. Du wolltest doch, dass ich Dich anrufe.“
„Ja klar. Aber ich wüsste das doch nicht. Weil ich weit weg wäre.“
„Ach so ja. Soll ich noch mal?“
„Nee. Verstehst Du mich gut?“
„Klar verstehe ich Dich. Ich sitze ja neben Dir.“
„Am Handy, meine ich. Bist Du blöd?“
„Du spinnst wohl. Ich bin nicht blöd.“
„Over and out.“
„Over and out.“
„Schau mal. Da sind zwei Waschbären.“
Das Mädchen war vom Gerüst gesprungen und lief auf Eddi und Sternchen zu. Schnell rannten die Waschbärchen oben auf die Straße und versteckten sich hinter dem Vollverpflegungsheim.
„Ich sehe keine Waschbären“, rief der Junge und kletterte vom Gerüst, „außerdem gehe ich jetzt zurück zum Zelt. Mal sehen, ob

es da ein Netz gibt." Er lief den Weg zurück, den zuvor die Waschbären gelaufen waren. Das Mädchen folgte ihm, schaute aber immer noch nach oben, ob sie die Beiden noch einmal sehen könnte.

„Willst Du reinklettern?", fragte Sternchen neben dem Müllcontainer.
„Nein. Ich bin da seit meiner Gefangenschaft nicht mehr gewesen. Außerdem riecht es wirklich nicht gut hier. Es gibt da Besseres, als im Abfall zu wühlen. Komm, ich zeige Dir meine Buche."
Schnell war er über die Straße gelaufen und hinein in den Wald. Dort wartete er auf Sternchen. Sie hockte sich neben ihn.
„Weißt Du eigentlich, dass ich Dir einen Namen gegeben habe?"
„Nein, welchen denn?"
„Das verrate ich Dir vielleicht später."
Eddi wollte es spannend machen. Das glaubte er seinem Ruf als Abenteurer schuldig zu sein. Nun aber rannte er weiter durch das Laub zwischen dicken Buchenstämmen, bis er vor einem richtig knorrigen Baum stehen blieb. Der musste sehr, sehr alt sein, obwohl sich Waschbären über das Alter der Bäume keine Gedanken machen. Aber Eddi spürte das. Neben einem dicken Stamm in der Mitte wuchsen noch mehrere ineinander verrenkt nach oben ins grüne Blätterdach. Auf dem Weg dorthin verzweigten sie sich in alle Richtungen.
„Mein Baum!", sagte Eddi.
„Boaah!", staunte Sternchen.
„Komm!" Eddi kletterte geschickt an einem der dünneren Seitenstämme nach oben und lief über einen fast waagerechten Ast zu der Stelle, wo sich dieser wieder teilte und so ein schöner Sitzplatz entstanden war. Da war auch Platz für zwei. Sternchen hatte noch nicht viel geklettert. Aber sie folgte Eddi, der ihr so geschickt vorausgestiegen war. Sie balancierte über den dicken Ast und drückte sich dann dicht an Eddi. So hatte er sie noch nie gespürt. Ein Schauer lief ihm durchs Fell. Sternchen klopfte auch das Herz bis in den Hals.

„Das ist aber ein schöner Platz", flüsterte sie und schaute hinunter über die Dächer des Campingplatzes und auf den See. Eddi fand das auch gut. Noch nie hatte er einen seiner Kumpel mit an diesen geheimen Platz genommen. Und auch nur weil Sternchen so klein war, konnten sie hier nebeneinander sitzen.
„Es gibt Besseres als im Abfall zu wühlen. Neues entdecken ist allemal besser", sagte er und war sich der Bedeutung seiner Worte voll bewusst. Als Pirat hatte er schon gezeigt, dass er nicht so war wie alle Waschbären.
„Weißt Du Eddi", sagte Sternchen nun, „ich fand das damals auch ganz toll, als Du im Mondschein so schöne Seifenblasen gemacht hast. Das hatte noch niemand gemacht. Kannst Du mir das noch einmal zeigen!" Sie rollte mit den Augen, und mit der Spitze ihrer Schnauze berührte sie ganz vorsichtig sein Ohr, dass es überrascht zuckte. Eddi war verlegen, denn er wollte keine Seife mehr fressen, aber das sagte er nicht.
„Ich will Dir heute Nacht etwas ganz Anderes zeigen, und Du wirst staunen."
„Und wann sagst Du mir meinen Namen?", fragte sie.
„Wenn es dunkel ist", kam ohne Zögern die Antwort, denn er hatte einen Plan.

So saßen sie schweigend zusammen in Eddis Buche, spürten sich am warmen Fell, und es schien ihnen, als hätten sie bisher nichts Anderes getan, als hier zu sitzen. Langsam kam der Abend und die Dunkelheit. Unten gingen Lichter an. Von hier sahen sie auch die drüben über dem See am anderen Ufer. So groß hatten sie ihren See noch nicht gesehen. Vermutlich schmiedeten Bandito und Langschwanz schon wieder Pläne, wie man Würstchen vom Grill klauen könnte, oder sie wühlten schon im Vollverpflegungsheim. Eddi und Sternchen verspürten keinen Hunger. Sie spürten den Zauber dieses Augenblickes. Stolz waren sie auf ihren See, ohne dass sie wussten, was eigentlich Stolz ist. Sie liebten ihn und ihr Waschbärenland. Sie waren ganz einfach glücklich.

„Komm“, sagte Eddi leise und lief über den Ast zurück und dann hangelte er sich rückwärts den Stamm herunter. Seine scharfen Krallen gaben ihm einen guten Halt. Auch Sternchen kletterte ohne Probleme, so als ob sie das schon immer so gemacht hätte. Dabei war es für sie auch etwas Neues, mit ihrem Freund in der Buche zu klettern. Er ist mein Freund, dachte sie und ein toller Kerl, dieser Eddi. Auch Waschbären nennen Freunde „Freunde“. Denn Freunde sind etwas Wichtiges auch unter Waschbären.

Ohne weitere Worte zu verlieren, schlichen die Beiden am Spielplatz vorbei und die große Wiese hinunter. Der Platzwart hielt hier mit seinem Traktormäher immer ein paar Verbindungswege frei, die natürlich auch für die Waschbären willkommene Pfade waren. Kurz vor der großen Zeltwiese bog Eddi ins hohe Gras ab, durchstreifte ein paar Büsche, sprang über den Uferweg und war dann an einem Platz am Wasser angekommen, der nur durch eine dichte Hecke zu erreichen war. Ein paar seiner Fellhaare blieben in den Dornen hängen. Sternchen folgte ihrem Freund ganz dicht. Es war richtig spannend, was sie hier erlebte. Eddi hat immer ganz tolle Pläne, dachte sie und war voller Bewunderung.

„Wir sind da“, sagte Eddi. Sternchen hocke schon neben ihm, und sie schauten auf den See. Entfernt hörten sie die Abendgeräusche vom Campingplatz. Hier aber war eine eigene Welt. Bei einem Luftzug plätscherten vor ihnen kleine Wellen ans Ufer. Die Vögel hatten ihren abendlichen Gesang beendet. Sternchen zuckte kurz, als draußen auf dem See ein Fisch sprang und es klatschte. Wieder spürten sie ihr warmes Fell. Der See und die Nacht gehörte ihnen.

So saßen sie wohl ziemlich lange still nebeneinander. Die Geräusche vom Campingplatz waren weniger geworden. Auch auf der großen Zeltwiese randalierte niemand mehr. Sie hätten es in ihrer Verträumtheit ohnehin kaum wahrgenommen.
„Du, Eddi“, sprach sie nun ihren Freund in dieser Stille leise an, „willst Du mir nun meinen Namen verraten?“

Eddi sagte eine Weile nichts und schaute nach oben in den großen Himmel, der sich über ihnen wölbte.
„Siehst Du die vielen kleinen Lichter da oben?"
„Ja, Eddi, was ist das?"

„Das sind die Sterne. Sie leuchten wie Deine beiden Augen. Sie sind so hell und klar und sie lächeln."
„Ja, Eddi, das sehe ich jetzt auch. Sie sind wirklich wunderbar, und sie funkeln so schön."
„Deine beiden Augen sind auch so strahlend", sagte Eddi, „und deshalb habe ich Dir den Namen „Sternchen" gegeben."
Eddi und Sternchen waren richtig gefangen in diesem magischen Moment. So nennt man Augenblicke, die so schön sind, dass man keine Worte dafür findet. Man spürt sie nur mit dem Herzen.
„Eddi, das ist so lieb von Dir. Bist Du mein Freund?", fragte Sternchen und drückte sich noch näher an ihn.

Dabei beschnäuzelten sie sich. Das sagt man, wenn sich kleine Waschbären mit ihren Schnäuzchen berühren und sich dabei wohl fühlen.
„Ja, Sternchen! Du bist meine Freundin.“
„Eddi! - Du bist mein Freund.“
In dieser Nacht sprachen sie nichts mehr, sondern schauten in die Sterne und auf den See, in dem sich alles spiegelte, auch Eddi und sein Sternchen.

Banditos großes Abenteuer

Sie liebten Bandito den alten Waschbären auch wegen seiner Geschichten, die er zu erzählen hatte. Eine davon erzählte er immer wieder. Jetzt aber hatte er einen konkreten Anlass dafür.
„Sie wollen uns schon wieder fangen“, sagte er und berichtete, er habe den Großstinker – so nennen sie die Lkw – gesehen, wie sie oben am Waldrand bei Basdorf die Drahtkästen ausgeladen hätten. Das seien Fallen. Etwas Leckeres zum Fressen locke einen Waschbären herein und dann falle hinter ihm eine Klappe zu und man sei gefangen. Ein erstauntes Raunen ging durch die Gruppe und besonders die Kleinen schauten ängstlich aus dem Fell. Eddi kannte die Geschichte schon und trotzdem fand er es sehr beruhigend, dass sein Sternchen nun ganz nahe an ihn heranrückte.

„Langschwanz und ein paar Andere, die nicht mehr bei uns sind, gerieten mit mir in solche Fallen“, begann Bandito seine Geschichte.
Langschwanz war ein bisschen eingenickt und reckte sich nun auf: „Stimmt Chef!“
„Willst Du weitererzählen?“ Bandito schien wegen der Unterbrechung etwas verärgert.
„Ne, ne mach du mal.“ Langschwanz legte den Kopf auf seine Vorderpfoten und rollte den Schwanz neben sich, dass seine Spitze fast die Nase berührte. Er hatte sich aufs Zuhören einge-

richtet, obwohl er die Geschichte nicht nur selbst erlebt, sondern auch schon viele Male gehört hatte.

„Wir waren also in den Drahtkörben gefangen", fuhr Bandito fort, „und es half kein Rütteln und Toben. Ich versuchte natürlich sofort, die Klappe wieder zu öffnen, aber es war unmöglich. So verging eine lange Zeit, und es wurde Tag. Vom Dorf her kam der Großstinker angefahren. Zwei Männer packten jeden Korb und stellten uns hinten auf die Ladefläche. Einige von uns schrien ganz erbärmlich, denn sie hatten Angst. Ich aber musste aufpassen. Schließlich fühlte ich mich verantwortlich und wusste auch, dass ich einen Weg finden musste, uns zu retten."
Bandito machte eine Pause und schaute wichtig in die Runde. Alle Blicke waren auf ihn gerichtet. Kein Mucks war zu hören.
„Und dann?", fragte Eddi.
„Dann fuhr der Großstinker los." Bandito hatte tief Luft geholt, und jeder spürte, dass ein großes Abenteuer seinen Anfang genommen hatte.
„Wir fuhren zwischen den Häusern hindurch und kamen auf eine große, breite Straße. In einem Tempo ging das den Berg hinunter, dass uns das Fell wie im Sturm durchgepustet wurde. Es holperte und klapperte schrecklich. In den Kurven wurden wir von einer Seite des Käfigs auf die andere geworfen. Manche kreischten vor Schreck und Angst. Mir war auch danach, aber ich schaute, wie das neben der Straße aussah. Irgendwie spürte ich, dass wir irgendwann freikommen würden. Es dauerte nicht lange, und ich sah wieder den See. Aber alles war mir doch unbekannt, denn hier waren wir noch nie. So fuhren wir recht lange am See entlang, bis ich eine große Mauer sah, an der der See zu Ende war."
„Eine Mauer?", fragte einer.
Bandito holte wieder tief Luft: „Ja, eine Mauer! Ein Stück weiter wieder einen Berg hinunter fuhren wir durch das Tal und ich sah sie. Ihr könnt euch nicht vorstellen wie riesig sie ist. Das Haus vom Platzwart ist eine kleine Hütte dagegen. Die Mauer reicht von unten im Tal bis ganz nach oben an den Berg. Dahinter ist der See. Das kann man nicht wirklich beschreiben, das muss man

gesehen haben. Aber ich warne euch! Bleibt weg von den Drahtkästen!“ Bandito schaute jeden einzelnen genau an, und sie nickten alle zustimmend. Manchen hatte sich das Fell nach oben gestellt, denn für einen kleinen Waschbären ist die Vorstellung gefangen zu sein etwas Grausames. Obwohl die Neugierde doch manchen verlockte, diese riesige Mauer einmal selber zu sehen. Vorstellen konnten sie sich nicht wirklich, wie so etwas aussieht.
Langschwanz hob den Kopf: „Ich habe sie auch gesehen. Sie ist so was von riesig; größer als hundert Buchen oder so.....“ Er wusste nicht was „hundert“ ist. Aber er hatte einmal einen kleinen Jungen reden gehört, der immer sagte, es sei hundert mal so groß oder so viel als irgendetwas. So sagt man also, wenn etwas wirklich groß ist. Waschbären können eben nicht rechnen, weil sie nicht in die Schule gehen. Aber sie wissen sich zu helfen, und deshalb sind hundert Buchen das Größte, was es gibt.

„Dann fuhren wir wieder zwischen Häusern hindurch und einen großen Berg hinauf.“ Alle Blicke waren wie gebannt auf den Geschichtenerzähler gerichtet, der es sichtlich genoss, wie die Zuhörer sein Abenteuer miterlebten.
„Oben auf dem Berg fuhren wir über Wiesen bis der Großstinker am Waldrand stehen blieb. Er knatterte auch nicht mehr. Zwei Männer sprangen vorne heraus und hoben die Käfige, in denen wir saßen, herunter. Jeden von uns trugen sie zwischen die Bäume und ließen uns dort stehen. Einige hatten gekotzt, andere lagen wie tot, wenige sprangen wild im Käfig herum und kreischten. Ich saß still und beobachtete, denn ich wusste, jetzt würde gleich etwas Wichtiges passieren. So etwas spürt man nur, wenn man die Ruhe bewahrt und nicht panisch wird.“
„Stimmt!“, rief Langschwanz.
„Ja, Langschwanz, da muss ich Dich wirklich mal loben. Du warst auch ‚cool‘.“
Nun weiß natürlich ein Waschbär nicht wirklich was cool ist, denn sie lernen kein Englisch, weil sie nicht in die Schule gehen. Aber „cool“ hatte er oft bei den Kindern in Fürstental gehört. Es musste also etwas Besonderes sein.

„Und dann?“ Diesmal war es nicht Eddi, sondern irgendwer wollte, dass die Geschichte nun weitergeht.
„Und nun will ich euch erzählen, was passierte. Wir hockten also in unseren Käfigen am Waldrand. Die Männer am Großstinker aßen etwas und tranken aus Flaschen. Das konnte ich gut sehen, denn ich ließ sie nicht aus den Augen. Dann endlich kamen sie und begannen, die Käfige zu öffnen. Beim ersten traten sie dagegen, weil der Waschbär total in Angst sitzen blieb, dann aber doch nach draußen sprang und in den Wald rannte. Bei den Anderen klappte das gleich. So wurden wir alle frei. Ich weiß nicht warum, aber meinen Käfig öffneten sie als letzten. Ich war so wütend, und weil ich wusste, dass ich gleich freikommen würde, hatte ich mir einen Plan zurechtgelegt. Als die Klappe meines Käfigs geöffnet wurde, blieb ich ganz cool davor sitzen. Dann schaute ich kurz zu dem Mann nach oben und biss blitzschnell in seinen Schuh. Gleichzeitig kratzte ich noch mit meinen scharfen Krallen an seiner Hose, sodass ein langer Riss entstand. Erst dann rannte ich in den Wald. Das ging alles so schnell, dass der Mann total überrascht von meinem Angriff war. Er rief mir noch etwas Unschönes hinterher. Ich aber war mit mir zufrieden, denn er wusste jetzt, dass wir nicht wehrlos sind.“

Erleichtert machten alle seine Zuhörer zustimmende Geräusche. Einige riefen: „Bravo Bandito, Du bist der Größte!“
„War das die Abenteuergeschichte?“, rief jemand.
„Nein“, antwortete Bandito, „jetzt geht sie weiter!“ Und so rückten sie sich alle wieder zurecht. Bandito reckte sich kurz und schaute nach draußen auf den Campingplatz. Dort war es ruhig, denn es regnete nun schon seit einigen Stunden. Die Waschbären saßen im Trockenen unter dem verlassenen Campingwagen, der ihnen schon seit langer Zeit ein guter Unterschlupf war. Solche heimlichen Plätze hatten sie überall. Natürlich gab es auch Gruppen, die im Wald lebten und nur für ihre Beutezüge auf den Campingplatz kamen. Hier aber waren Bandito und Langschwanz die Anführer, und Eddi mit seinem Sternchen waren froh dazu zu gehören.

„Es war nicht leicht, alle wieder zusammen zu bekommen", erzählte er nun weiter.
„Doch dann in der Nacht versammelten wir uns. Es war hier oben im Wald nicht viel anders als in unserem Wald bei Fürstental, und doch war es neu. Ein Stück in den Wald hinein kommt man an einen freien Platz unter einer dicken Buche. Dort saßen wir. Niemand war verlorengegangen. Alle waren unverletzt. Das war erstmal das Wichtigste. Ans Fressen dachte niemand. Wir waren auch nicht so guter Stimmung wie sonst in der Nacht, wenn wir auf Beutezug unterwegs waren. Alle schauten mich an und wollten von mir wissen, wo wir waren. Ich wusste es auch nicht. Aber ich wusste, dass ich einen Weg zurück nach Hause finden würde."

„Und dann musst Du das mit den schaurigen Geräuschen erzählen, Bandito!", rief Langschwanz dazwischen.
„Kommt schon, mein lieber Langschwanz, kommt schon".
Sternchen war erstmal froh, dass den Waschbären nichts passiert war, und sie drückte sich an Eddi, dem das gut gefiel.
„Der Mond war inzwischen aufgegangen, und sein Licht schien schräg durch die Baumkronen wie in einem Gespensterwald, als plötzlich ein fürchterliches Jaulen ertönte".
Bandito schaute in die Runde und einigen stand vor lauter Spannung schon das Maul offen. Deshalb machte er jetzt auch eine kurze Pause, was die Erwartung steigerte.
„Ihr könnt euch nicht vorstellen wie schaurig das klang. Und dann jaulten da noch mehrere so, als ob sie dem Ersten antworteten. Aber es war kein schmerzhaftes Jaulen. Das war anders. Je länger wir zuhörten, umso mehr klang es dann doch wie ein eigenartiger Gesang, und wir wurden neugierig. Zwischendurch kam auch oben aus den Bäumen ein ‚Kuwit' von einem Käuzchen und ein ‚Uuuhuuu' von einem Uhu. Aber das kannten wir auch aus unserem Wald. Doch hier in der Fremde war das alles ein bisschen unheimlich, ganz besonders natürlich dieses Jaulen. Dazwischen gab es Pausen, und dann hörte man es knacksen im Unterholz unter den Bäumen. Aber ihr wisst ja, wenn wir einmal

neugierig sind, dann sind wir neugierig. Ich schlich mich also voran. Langschwanz ging als Letzter und passte auf, dass niemand zurückblieb. Da muss ich ihn einmal loben".
Langschwanz hörte das gerne, stand auf, dass sich alle Blicke auf ihn richteten und legte sich dann wieder in seine Zuhörerstellung.
„So schlichen wir durch den nächtlichen Wald, ohne dass uns jemand hören konnte. Nur ab und zu trat jemand auf ein trockenes Holz, und dann knackste es. Wir kamen dem unbekannten ‚Jauhujauliiii' immer näher. Plötzlich stand ich vor einem hohen Zaun, und der sah irgendwie so aus wie die Wände der Drahtkästen, in denen sie uns hierher gebracht hatten. Ich war natürlich total erschrocken und wusste zunächst nicht, ob ich draußen oder drinnen war. Schnell erkannte ich aber, dass ich außerhalb dieses Gefängnisses war. Nur dass das da viel, viel größer war und nach oben offen. Ich steckte meine Schnauze zwischen den Draht, dass nur die Ohren draußen blieben. So sah ich dann auf einem Hügel hinter einigen Bäumen ein sonderbares Wesen, das irgendwie so aussah wie der große Hund der Försterin, nur eben größer und mit dickerem Fell, einem langen Schwanz, einem großen Maul, das nach oben zum Mond gerichtet war und aus dem dieses Jauhujauliii schaurig in die Nacht tönte."
„Ein Fuchs!", rief Eddi ganz aufgeregt. Für ihn war es so aufregend, als hörte er die Geschichte zum ersten Mal.
„Ach was, der war viel riesiger und ganz weiß", wies ihn Bandito zurecht.
„Etwas unterhalb saßen noch andere, die aber etwas kleiner waren und manche von ihnen waren grau. Sie riefen auch abwechselnd jauhiiuuu oder so." Waschbären können nicht so jaulen wie die Wölfe, denn darum handelte es sich bei den ‚großen Hunden'. Nur wusste das Bandito bis dahin noch nicht. Den Hund der Försterin hatte er schon einmal gesehen und so ähnliche in Basdorf und natürlich den Reineke Fuchs von Basdorf und Umgebung.

„Ich erkannte also schnell", erzählte Bandito weiter, „dass von diesen großen Hunden keine Gefahr drohte. Später hörte ich

erzählen, dass man sie ‚Wölfe' nennt, und sie in einem Gehege gefangen gehalten werden, damit die Menschen sie beobachten können. Die Menschen machen sonderbare Sachen. Auf so etwas käme ein Waschbär nie. Aber wir waren zunächst einmal froh, dass uns hier keine neue Gefahr drohte. Also liefen wir weiter am Drahtzaun entlang. Die Wölfe interessierten sich nicht für uns. Sie waren mit dem Heulen beschäftigt, und ich hatte ganz andere Probleme. Auf einer Weide standen so dicke Viecher, die aussahen wie Kühe aber keine waren. Und dann sahen wir auch Hirsche und Rehe, die wir alle schon aus unserem Wald kannten. In einem dieser Gefängnisse stand ein Tier, das so ähnlich aussah wie unsere Wildschafe im Wald, aber mächtige nach hinten geneigte Hörner hatte *(Bandito beschreibt hier einen Steinbock, den es hierzulande im Wald nicht gibt)*. Wir wurden immer mutiger und liefen überall herum. Da standen große Käfige, in denen wir Vögel sahen, die waren größer als die großen, die oben am Himmel über Fürstental ihre Kreise ziehen." Bandito schien von dem nächtlichen Rundgang richtig zu schwärmen. Da war nichts mehr von Angst in der Fremde zu spüren. Es galt ja auch so viel zu entdecken. So erzählte er von den Wildschweinen mit ihren Jungen und vielem mehr, an dem sie vorüber kamen.
„Doch dann kamen wir an eines dieser Gefängnisse, in dem saß ein Waschbär auf einer Kiste. Als er uns sah, sprang er herunter und kam zum Zaun. Der war so hoch und so gebaut, dass er nicht hinüber klettern konnte. ‚Was machst Du denn da drinnen, Kumpel?', fragte ich ihn."
„Einer von den Männern vom Wildpark *(so nennt man die Anlage hier)* hat mich im Wald gefunden. Ich hatte eine Verletzung am Hinterbein und konnte kaum noch laufen. Er nahm mich mit hierher. Seitdem bekomme ich mein Fressen gebracht. Mein Bein ist wieder gesund."
Bandito berichtete weiter, wie er vom gefangen Kumpel erfuhr, dass er gerne wieder im Wald sei, denn hier schauten die Menschen nur immer zu ihm herein und meinten, dass er niedlich sei. Das sei aber total langweilig.

„Also mussten wir doch irgendwie unserem Kumpel helfen“, erzählte Bandito seine Geschichte weiter. Und so erfuhren sie, wie Bandito und Langschwanz fast die halbe Nacht damit verbrachten, von draußen ein Loch unter dem Zaun zu graben. Auch die Anderen hätten sich an der Arbeit beteiligt. Von innen half der Kumpel. Die Wölfe hatten schon aufgehört zu heulen, als es dann endlich geschafft war. Kumpel zwängte sich durch das Loch unter dem Zaun und war frei.
„Ich bot ihm an bei uns zu bleiben, aber er meinte, dass sein Heimatrevier hier ganz in der Nähe sei, und dorthin wollte er uns führen. Natürlich erzählte ich ihm von Fürstental und dem Campingplatz, was unsere Heimat sei. Das kenne er gut. Wenn er aus seinem Wald schaue, dann sehe er am anderen Ufer des Sees diesen Platz, den ich ihm natürlich in allen Einzelheiten beschreiben konnte.“

Bandito hatte so schnell erzählt, dass er erstmal eine Pause machen musste, um Luft zu holen.
„Es ist immer gut, genau zu wissen, woher man kommt, damit man es in der Fremde beschreiben könne. Hätte ich das nicht gekonnt, dann wäre es uns schwer gefallen zurückzufinden“, belehrte Bandito und alle nickten wieder zustimmend und mit viel Bewunderung.

„Und wie seid ihr über den See gekommen?“, fragte ein vorwitziges Waschbärchen.
„Langsam, junger Freund“, ermahnte Bandito, „es geht gleich weiter. Erstmal zeigte uns der neue Kumpel seinen Campingplatz, und wir lernten auch seine Familie kennen, die sich über den Heimkehrer freute. Das besondere an dem Platz war aber ein Schuppen unten am See, in dem es nach Fisch roch. Wir erfuhren, man könne da nachts einbrechen und fände auch immer etwas Gutes. Das machten wir dann. Tatsächlich fanden wir reichlich, was ein Fischer so Essbares in seinem Schuppen herumliegen hat. Es war schon fast hell. Wir wanderten weiter, bis unser Führer oben auf dem Berg meinte, dass es Zeit sei, sich

einen Schlafplatz zu besorgen, denn heute könnten wir das Ziel nicht mehr erreichen. So gut wie an diesem Tag hatte ich noch nie im Leben geschlafen."

Bandito schnaufte tief. Das Erzählen war schon etwas anstrengend. Obwohl er die Geschichte schon oft erzählt hatte, regte er sich bei der Erinnerung immer wieder ein bisschen auf. Man hatte auch noch nie gehört, dass ein alter Waschbär solche Geschichten zu erzählen hatte. Und diese hier war ja auch noch nicht zu Ende erzählt.

„Als die Gruppe der vertriebenen Waschbären unter der Führung von Kumpel sich zur Ruhe gelegt hatte", so erzählte Bandito plötzlich weiter, „da habe ich erst lange nicht einschlafen können. Kumpel war es ebenso ergangen. Und so haben wir uns noch ein bisschen erzählt. Ich fragte ihn, warum er dies denn mache, so weit mit fremden Waschbären zu laufen, nur um ihnen den Heimweg zu zeigen. Und er antwortet mir, dass er in seinem Gefängnis immer nur am Zaun entlang gelaufen sei, sodass man dort jetzt einen ausgetretenen Pfad sehen könne. Die Menschen hätten ihm gelegentlich ein paar Happen über den Zaun geworfen, doch die hätten alle überhaupt nicht geschmeckt, und eines Tages habe er sie liegen gelassen. Nur das Futter, das man ihm einmal am Tag an seine Hütte stellte, das habe er mit wenig Lust gefressen, wenn der Hunger zu stark wurde. Jetzt aber hätten ich und meine Freunde ihm die Freiheit wieder geschenkt und da solle er nicht dankbar sein? Und dann sagte er einen Satz, den ich erst nach meinem eigenen Abenteuer der Entführung aus der Heimat so richtig verstehen konnte: ‚Es läuft sich nirgends so leicht wie in der Freiheit!' Und schließlich sagte er noch vor dem Einschlafen: ‚Für meine Freunde ist mir kein Weg zu weit!' Denkt immer daran!"

Sie hatten Bandito bei seinem Geschichtenerzählen noch nie so ernst und nachdenklich erlebt: „Denkt immer daran", wiederholte er, „in der Gefangenschaft schmeckt nichts mehr und man läuft immer am Zaun entlang. In der Freiheit aber, da haben wir vielleicht einmal Hunger, aber es schmeckt alles, und es läuft sich leicht."

Irgendwie verstanden sie alle, dass es Bandito damit wirklich ernst war. Auch Langschwanz nickte nachdenklich. Eddi flüsterte leise seinem Sternchen ins Ohr: „Der Alte hat recht. Ich liebe meine Freiheit und meine Buche auch und Dich, mein Sternchen.“ Eddi wunderte sich, wie leicht ihm dieser Satz über sein Schnäuzchen kam, und Sternchen war froh, dass er das sagte.

Bandito brachte seine Abenteuergeschichte zu Ende: „Alle haben wir tief und fest geschlafen, bis dann am Abend Kumpel zum Aufbruch mahnte. Er führte uns durch den Wald und ein tiefes Tal, das ringsherum vom Wald und Bergen umgrenzt war. Einen dieser Berge stiegen wir dann noch hoch, und am anderen Ufer sahen wir unser Fürstental. So schnell laufen, wie wir alle diesen Berg heruntergestürmt sind, hat man Waschbären wohl nie mehr sehen können. Wir liefen vor nichts davon, sondern sahen unsere Heimat zum Greifen nahe. Da wollten wir hin!“ Bandito drückte sich für einen Waschbären sehr gewählt aus, was allen auffiel. Es war eben nichts Alltägliches, von dem er berichtete.
„Unten am Wasser machte die Gruppe eine Vollbremsung. Doch einige schafften das nicht mehr und platschen ins Wasser. Schnell krabbelten sie zurück ans Ufer. Aber das war gut so“, sagte Bandito.
„So wussten sie gleich, was nun kommen würde.“
Da hielt es Eddi nicht mehr, der erst vor kurzem als „Pirat vom Edersee“, lernte, dass er schwimmen kann: „Sie sind alle über den See geschwommen, juchhee!“
„Richtig Eddi“, kam Bandito nun zum Schluss.
„Wir bedankten uns bei unserem Kumpel, der noch einen weiten Rückweg hatte. Ich sprang allen voran ins Wasser. Keiner zögerte, und Langschwanz machte wieder den Schluss. Im Schutze der Dunkelheit überquerten wir schnell den See. Am Badesteg, wo Eddi ins Schlauchboot gesprungen war und zum Piraten wurde, konnte wir nicht landen, weil da noch Menschen saßen. Aber etwas weiter unten fanden wir eine gute Stelle, um an Land zu

gehen; Einer nach dem Anderen. Langschwanz passte auf, dass keiner im Wasser zurückblieb.“
„Bestimmt war das an unserer Stelle“, flüsterte Sternchen ihrem Eddi ins Ohr.
„Bestimmt“, antwortete leise Eddi.
„Danke Bandito! Das war die spannendste Geschichte, die ich je gehört habe.“
„Könnte stimmen, Eddi!“, erwiderte Bandito. Der Regen hatte inzwischen aufgehört, und sie zogen wieder los in die Nacht. Jeder ging an Bandito vorbei und schubste ihn ein bisschen mit der Schulter, was bei Waschbären so viel bedeutet wie: Du bist ein toller Kerl, und ich mag Dich.

Waschbärensommer und Wohnungssuche

Eddi und Sternchen blieben zusammen. Sie waren etwas ganz Besonderes, was auch unter Waschbären selten ist. Auch hatten sie sich viel zu erzählen und wollten immer Neues entdecken. Da ging es nicht nur ums Fressen und tagsüber pennen und unter irgendeinem Wohnwagen warten, bis die Menschen anfingen zu grillen, um ihnen dann die leckeren Sachen vom Rost zu klauen oder in die Zelte einzubrechen, weil es da so verlockend roch, besonders nachts. Natürlich machten sich auch manche Halbstarke einen Spaß daraus, mitten in der Nacht harmlose Erstcamper zu überraschen; besonders die, die ihre Lebensmittel am Zelt ließen, weil sie nicht glaubten, was man ihnen erzählte. Den Rat, die Sachen nachts im Auto einzuschließen, befolgten nur wenige. Gut so, dachten die Waschbären und klauten, was zu bekommen war. Hin und wieder waren natürlich Eddi und Sternchen auch mit bei der Tour. Nur im Abfall, da mochten sie nicht mehr wühlen. Das war ihnen peinlich, wie Eddi gerne sagte. Und überhaupt, sie stanken danach noch Stunden. So etwas wollten sie nicht. Stattdessen suchten sie sich neue Wege. So ein Weg führte vom alten Haus, in dem der Platzwart wohnte, am See entlang. Gelegentlich traf man dort auf eine stille Wanderin oder es saß ein Angler am Wasser. Eddi sah sie alle, doch sie nicht ihn und sein Sternchen. Sie konnten sich geschickt verstecken und hatten die Menschen bereits entdeckt, bevor sie von ihnen gesehen werden konnten. Solche Wege gingen sie gerne einige Zeit vor Einbruch der Dunkelheit. Am Ende dieses Seeweges war eine große Felsenplatte, an der sie nach oben kletterten. Dort saßen sie oft stundenlang in der Nacht und bewunderten den Sternenhimmel. Sternchen erinnerte schon mal: „Weißt Du noch, Eddi, damals unten am See als Du mir meinen Namen gegeben hast?“ Eddi rückte dann ganz nahe an sie heran und antwortet: „Natürlich weiß ich das, mein Sternchen!“ Den Rest der Nacht schwiegen sie meist und ließen sich von den Sternen verzaubern. Auch so etwas ist unter Waschbären eher selten. Bevor die Geschichten von Eddi geschrieben wurden, wusste man eigentlich gar nichts davon.

Die Ferienzeit hatte begonnen. Das merkte man daran, dass überall auf dem Platz plötzlich Kinder herumrannten. Sie waren die besten Freunde der Waschbären. Manche von ihnen jammerten richtig, wenn sie an den ersten Tagen keinen zu sehen bekamen. Das ist natürlich verständlich, denn sie sind meistens nur nachts unterwegs. Aber die Waschbären sehen die Kinder schon.

Sie beobachten sie sogar sehr aufmerksam. Natürlich warten sie nicht nur darauf, dass eines mal ein Eis verliert, das schnell im Maul davongetragen wird, um es in einer Hecke aufzuschlecken. In der Nähe des Kiosk haben sich einige von ihnen auf solche Fänge spezialisiert.

Eddi und Sternchen saßen am liebsten in ihrer Buche und schauten von dort auf den Spielplatz. Da war einiges los. Es war nie langweilig, und abends fand man schon mal den einen anderen Leckerbissen.

Ein anderer Weg, den Eddi mit seinem Sternchen gerne lief, war der durch den Eichenwald. Man darf sich da keine großen, dicken Eichen vorstellen, denn die Eichen stehen an einem sehr steilen Felshang und sind trotz vieler, vieler Jahrzehnte klein geblieben. Dafür reichen ihre Wurzeln dick und stark tief in die Felsspalten hinein. Diesen Steilhang kletterten die Beiden dann bis oben. Da führt ein Weg entlang, und oben ist ein schöner Aussichtsplatz. Wenn die Menschen längst auf dem Weg zu ihren Behausungen waren, saßen Eddi und Sternchen dort oben und schauten auf ihr Waschbärenland. Tief unter ihnen lag ihr See mit dem Campingplatz Fürstental. Drüben auf der anderen Seite sahen sie die Wälder, durch die damals Bandito mit seinen Freunden und der Hilfe des gefangenen und wieder befreiten Waschbären zurück nach Hause fand.
Auf dem Rückweg genossen Eddi und Sternchen viele Leckerbissen im Laub und an vermoderndem Holz. Da mussten sie nur mit ihren scharfen Krallen etwas von der alten Rinde ablösen und schon lagen da schmackhafte Raupen und gelegentlich wuchs auch ein leckerer Pilz. Selbst Mäuse hatten sie schon gefangen. Eddi erzählte bei solchen Gelegenheiten immer wieder stolz, wie er das Mäusefangen von Reineke Fuchs von Basdorf und Umgebung gelernt habe. Sternchen bewunderte ihn dann, was ihm gut tat.

Ein besonderes Erlebnis war es, wenn sie von da oben unten auf dem See den Dampfer sahen. Manchmal machte er eine Abendfahrt und war mit vielen bunten Lichtern geschmückt. Man hörte Musik und die Leute lachten bis nach dort oben.
„Man muss die schönen Sachen nur sehen wollen", sagte dann Eddi und Sternchen antwortete: „Essen und schlafen ist nicht das ganze Leben."

„Ich würde gerne wissen, was hinter den Bergen ist", murmelte Eddi vor sich hin.
„Aber hier kennen wir doch auch noch nicht alles", meinte Sternchen.
„Manchmal hörte ich den Kindern auf dem Spielplatz zu, wenn sie von der Schule erzählen. Das war wirklich spannend. Sie wissen so viel von der Welt. Wenn sie von ihrem Zuhause erzählen, dann ist das ganz besonders spannend. Die haben ein Glück, dass sie in eine Schule gehen können, wo sie neugierig sein dürfen. Wenn einige über die Schule jammern, dann möchte ich ihnen sagen, wie gerne ich dort wäre. Aber ich habe irgendwie das Gefühl, dass das nicht geht." Ein tiefer Seufzer folgte meistens. Er erzählte das oft seinem Sternchen. Es war auch nicht nur Neugierde, sondern so ein Gefühl von Fernweh und Lust auf Abenteuer.

Ihre Steifzüge wurden immer weiter, und so kamen sie eines Tages auch auf die Halbinsel Scheid. Natürlich wissen die Waschbären nichts von diesem Namen. Es ist da eben nur viel los, weil es gleich mehrere Campingplätze gibt und Lokale, aus denen es nach Essen duftet. So wunderte es Eddi nicht, dass eine Gruppe von halbstarken Waschbären bereits auf Beutezug war. Das packte dann Sternchen und Eddi doch, und so taten sie kräftig mit. Warfen hinter den Küchen Kübel mit Essensresten um, randalierten kräftig und verschwanden mit Würstchen und anderer Beute in den nahen Büschen. Von dort hörte man sie schmatzen. Ein wütender Koch warf noch ein Büchse hinter

ihnen her und ließ ein paar Flüche hören, die man hier nicht wiedergeben kann.
„Mama, die Waschbären sind da!", rief ein Kind.
„Siehste", sagte einer der halbstarken Bärchen, „die Kinder mögen uns! Schade, dass sie groß werden." Spät in der Nacht trabte die Waschbären-Bande wieder den Berg hinauf, und von dort sahen sie die Lichter am Campingplatz Fürstental.
„Wir bleiben noch ein bisschen hier oben", sagte Sternchen und verabschiedete sich.
„Wir wissen Bescheid, Du willst mit Deinem Eddi noch schmusen." Hätte Sternchen kein Fell, dann würde man gesehen haben, dass sie richtig rot wurde bei diesen Worten. Eddi sagte nichts und setzte sich ganz an die hohe Kante am Felsenrand. Waschbären sind schwindelfrei.

So ging der Sommer ins Land. Zelte wurden auf- und wieder abgebaut. Wohnwagen donnerten den kurvenreichen Waldweg herunter und krabbelten ihn später wieder hinauf; immer eine Staubfahne hinter sich herziehend. Alles beobachteten die Waschbären und wurden doch nicht gesehen. Eddi und Sternchen dehnten ihre Touren immer weiter aus. Basdorf besuchten sie häufiger und auch nach Vöhl oder Asel kamen sie. Überall gab es etwas zu entdecken. Ganz besonders spannend war es in Oberwerbe. Obwohl sie die Namen der Dörfer auf den Ortsschildern nicht lesen konnten, denn Waschbären gehen bekanntlich nicht in Schule, um lesen zu lernen, wussten sie immer genau wo sie waren. In Oberwerbe waren sie bei sehr hohen Tieren, die mit ihren großen Augen zu ihnen herunterschauten, wenn sie am Zaun vor ihrem Hof standen. Sternchen konnte ihrem Eddi stolz verkünden, dass das hier der Alpaka-Hof sei. Sie habe das gehört, als ein Kind vorlas, was vorne an der Scheune auf einem Schild geschrieben stand.
„Alpaka? Kenne ich nicht", meinte Eddi, „die sind nicht von hier. Aber sie sehen schon interessant aus. Schade, dass sie uns nicht erzählen, von woher sie kommen. Im Wald jedenfalls trifft man sie nicht."

„Das Mädchen, das das Schild vorgelesen hat, könnte uns das sicher erklären“, meinte Sternchen.
„Jetzt müssen wir zurück“, mahnte Eddi, „es ist schon spät, und oben an der Straße müssen wir auf die Stinker aufpassen, die da vorbeirasen. Aus irgendeinem Grunde wollten sie immer wieder an ihren Platz zurück und nicht irgendwo draußen schlafen, obwohl das auch spannend gewesen wäre.

„Du Eddi“, sagte eines abends Sternchen, „sollten wir uns nicht langsam einen Platz für den Winter suchen?“
„Warum?“, fragte Eddi, „die Buche ist doch gut. Und wir könnten ja auch wieder zu den Anderen unter den Wohnwagen ziehen.“
„Ich weiß nicht“, meinte Sternchen, „es wäre doch schön, wenn wir für den Winter was eigenes hätten. Ich spüre, dass das besser wäre.“
„Na gut“, dann halten wir mal die Augen offen, was sich da so anbietet.“
So untersuchten sie in den folgenden Tagen einen Wohnwagen nach dem anderen. Aber entweder waren die unten herum dicht gemacht oder es wohnten Leute darin oder beides. Eines Tages sagte Eddi nach einem einsamen Ausflug: „Ich glaube, dass ich da was gefunden habe.“ Sternchen war neugierig und so führte er sie um den Platz herum oben am Waldrand entlang. Bei einer Treppe bog er ab und lief vor einen Wohnwagen, der zur Zeit nicht bewohnt war. Das erkannte er sofort daran, dass beim Vorzelt alle Fenster verschlossen waren.
„Schöne Aussicht“, sagte Sternchen.
„Ja wirklich, da unten ist der See und gleich hinter uns fängt der Wald an.“
„Aber unter dem Wagen ist alles zu und aufs Dach können wir auch nicht. Wo ist da ein Platz für unser Nest“, fragte Sternchen, verwundert über Eddis Vorschlag.
„Komm mal hier hinten herum.“ Schnell lief er um den Wohnwagen und blieb unter einem Gestell sitzen, auf dem drei Boote übereinander wie in einem Regal lagen.

„Na und? Willst Du Boot fahren und ein Pirat sein“, meinte Sternchen etwas schnippisch.
„Abwarten“, sagte Eddi und kletterte von hinten geschickt nach oben auf eines der Boote und verschwand plötzlich darin.
„Eddi! Wo bist Du?“, rief Sternchen, denn sie konnte ihn nicht mehr sehen.
„Hier bin ich!“ Eddi streckte sein Köpfchen aus dem großen Loch, in dem sonst auf dem Wasser ein Paddler sitzt. Da musste Sternchen lachen, weil sie nun wieder an Eddi den Piraten dachte, der im Schlauchboot der Kinder auf dem See unterwegs gewesen war und anschließend lernte im Wasser zu laufen, was man auch schwimmen nennt.

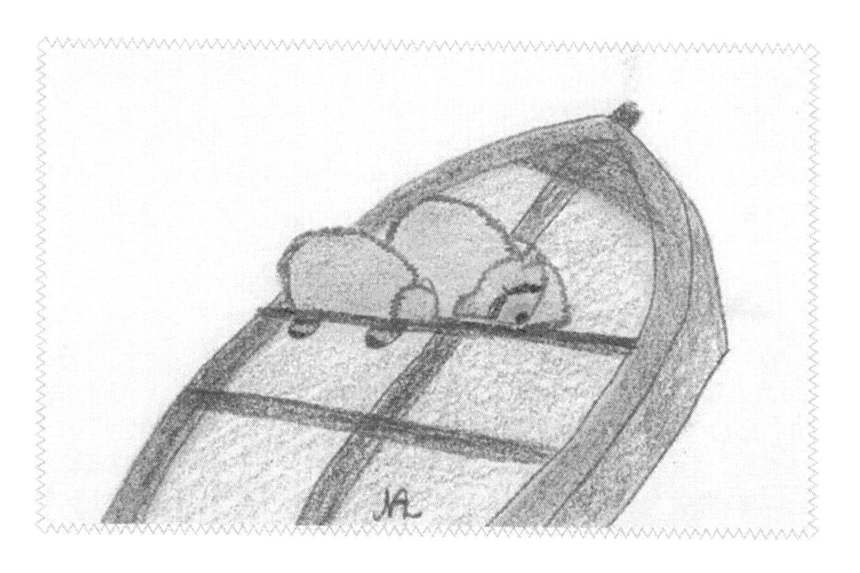

„Komm hoch“, forderte er nun seine Gefährtin auf.
Sie überlegte nicht lange und kletterte auf demselben Wege wie Eddi nach oben, bis sie geschickt in das große Loch rutschte. Nun schauten zwei Waschbärenköpfe aus dem Boot. Sternchen kroch an Eddi vorbei nach vorne ins Boot und legte sich dort hin.
„Das ist ja eine ganz tolle Höhle, Eddi! Hier bleiben wir. Genauso habe ich mir das vorgestellt.“ Das war natürlich nicht ganz

richtig, denn sie hatte vorher noch nie in einem Boot gesessen. Aber sie meinte ja auch nur, dass sie sich dort gut aufgehoben fühlte. Das Nest war ja schon fast fertig. Eddi saß stolz auf dem Bootssitz. Hier blieben sie auch gleich, um Probe zu schlafen. Sie schliefen gut und lange und wussten nun, wo sie den Winter verbringen wollten. Bis dahin kamen die Wohnwagenleute noch öfter und ahnten nicht, dass sie inzwischen Gäste bekommen hatten.

Ein Winter mit Überraschungen

Spät im Herbst wurde es still auf dem Platz. Irgendwann kamen auch keine Menschen mehr, die Zelte aufbauten. Dann waren plötzlich alle Wohnwagen verlassen. Der Platzwart und seine alte Katze Minka blieben alleine zurück. Der Kiosk und die Kneipe waren geschlossen. Auch die Müllcontainer, die von den Waschbären „Vollverpflegungsheim" genannt wurden, hatten keine Verpflegung mehr zu bieten. So war es gut, dass die Waschbären noch nicht vergessen hatten, sich von dem zu ernähren, was die Natur ihnen zu bieten hat. Eddi und Sternchen waren schon früh dafür eingerichtet, denn sie wohnten nun am Waldrand in ihrem Boot. Zum Fressen durchstreiften sie den Wald und fanden viel, was plötzlich besser schmeckte als die heißen Sachen vom Grill oder sonst Geklautes aus den Zelten. Mit den Müllresten gaben die Beiden sich sowieso nicht ab. Gelegentlich besuchten sie Minkas Fressnapf, der immer mal wieder Reste enthielt, und auch das Vogelfutter war eine willkommene Bereicherung. Der See war fast leer. Es war da nur noch ein Fluss. Das gäbe es jedes Jahr, erzählten die Waschbären sich. Aber dann käme das Wasser wieder. Eddi wollte immer wissen, warum das so war und ob es etwas mit der großen Mauer zu tun habe, von der erzählt wurde. Vielleicht hatte er ja mal das Glück, dass er den Kindern auf dem Spielplatz zuhören konnte, die sich gegenseitig erzählen, warum das so ist. Er staunte immer, wie viel diese Menschenkinder wussten. Aber Waschbären gehen ja bekanntlich nicht in die

Schule. Da war er darauf angewiesen, bei anderen zuzuhören, die es besser wussten.

Nun saßen Eddi und sein Sternchen oben am Spielplatz und schauten hinunter auf die Bergwiese wo sich auch die Wildschafe wieder eingefunden hatten. Nur noch vereinzelt kamen Camper zu ihren Wohnwagen. Kaum einer von ihnen blieb über Nacht, denn die Nächte waren kalt geworden. Die Bäume im Waschbärenland hatten sich in buntes Laub gefärbt. Nur einzelne Kiefern zeigten noch ihr grünes Kleid, das sie auch im Winter nicht ablegen. An manchen Tagen war die Herbstsonne richtig warm. Da wollten sie nicht den Tag verschlafen, sondern die Wärme auf dem Fell spüren.
Eddi war kein halbstarker Kleiner mehr, sondern zu einem stattlichen Waschbären herangewachsen und Sternchen erblühte in diesem Sommer zu einer wahren Schönheit. So musste Eddi manches wilde Kämpfchen oben im Wald um sie austragen, denn jeder der jungen Kerle hätte sie auch gerne zur Gefährtin gehabt. Sternchen erfüllte das mit großem Stolz, wenn ihr Eddi dann zu ihr zurück kam, nachdem er alle vertrieben hatte. Gelegentlich trafen sie Bandito und Langschwanz, die sich für den Winter unter ihrem alten Wohnwagen eingerichtet hatten. Die Kumpels waren davongezogen und hatten sich Waschbärinnen gesucht, mit denen sie eigene Quartiere irgendwo fanden. Das weitläufige Gelände hielt für alle irgendwo ein Plätzchen bereit.
„Weißt Du noch, Eddi, als wir unten am großen Wasser saßen und Du mir die Sterne zeigtest?“, flüsterte Sternchen leise und rückte noch näher an ihn heran.
„Mmm.“ Eddi war auch gerade in so einer traumverlorenen Stimmung und sah sich unten auf dem Wasser als Pirat im Schlauchboot der Kinder und wie er dann mit einem kühnen Sprung ins Wasser platschte. Er war noch ein bisschen stolz, dass damals alle Kumpels am Ufer sehen konnten, wie toll er plötzlich schwimmen konnte. Dabei lief er doch nur durchs Wasser, das ihn trug, sodass er nicht untergehen konnte.

„Weißt Du noch, Sternchen“, antwortete dann Eddi, „wie ihr mich beim Fuchs von Basdorf und Umgebung nach meiner Entführung gefunden habt?“
„Vielleicht sollten wir ihn einmal besuchen“, schlug Sternchen vor.
„Ja, vielleicht im nächsten Jahr oder irgendwann“, antwortete Eddi. Er wollte jetzt keine langen Ausflüge mehr machen, denn manchmal in der Dämmerung oder in mondhellen Nächten knallte es im Wald. Bandito hatte oft erzählt, dass in dieser Zeit die Jäger unterwegs seien. Jetzt machte Eddi sich schon ein bisschen Sorgen um seinen Freund. Aber er wusste ja, dass Reineke ein ganz Schlauer war und sich geschickt verbergen konnte. So schauten sie weiter der kleinen Schafherde zu, die vor ihnen auf der Bergwiese genüsslich ihr Gras rupfte. Auch bei ihnen waren die kleinen Lämmer vom Frühjahr herangewachsen und taten es den Alten gleich. Nur gelegentlich sprangen sie noch herum und stießen auch mal mit den Köpfen gegeneinander, aber das sah alles nach einem Spiel aus.
Irgendwie vermissten sie nun doch die Kinder, die auf diesem Spielplatz im Sommer herumgetobt hatten, und die sie heimlich beobachteten. Zwischen dem hoch stehenden Gras und an den Hecken hatten die Spinnen silbrig schimmernde Netze gesponnen, an denen jetzt am frühen Morgen überall kleine Wassertropfen hingen. Die Sonne ließ sie wie kleine Edelsteine blitzen. Sternchen betrachtete sie und dachte sich, dass es wohl Wiesensterne sein müssten. Sie waren aber ganz nahe bei ihr und nicht wie in der Nacht oben am Himmel. Vielleicht sind es auch Tagsterne, dachte sie und war dabei sehr glücklich.

Ja, sie waren glücklich die Beiden. Die meisten Menschen wissen nichts von den Gefühlen der Tiere hier im Waschbärenland und den Geschichten, die sie erleben. Sie haben nur Augen und Ohren für sich selbst. Aber auch unter ihnen gibt es welche, die wissen etwas über das Leben der Tiere. Kinder aber lieben die Tiere und verstehen sie oft viel besser als die großen Leute. Deshalb erinnerten sich Eddi und Sternchen auch am Spielplatz gerne an die Kinder. Sie wussten, dass sie im nächsten Jahr wieder hier sein würden. Woher sie das wussten? Sie spürten es irgendwie! Natürlich hatten die Alten auch erzählt, dass sich alles wiederholen würde. Waschbären haben keinen Kalender und auch keine Uhren. Sie brauchen das auch gar nicht. Auch ohne diese Sachen spüren sie, wann es Zeit für etwas ist und wie sich alles aneinander reiht. Sie beobachten auch alles ganz genau.

Der Wind fuhr plötzlich durch das Tal und den Berghang hinauf. Dort tanzten die bunten Blätter durch die Luft. Sternchen und Eddi sprangen auf und liefen hinauf in den Wald wo schon überall zwischen den Bäumen das braune Laub herumlag. Das raschelte ganz toll, wenn sie hindurch liefen. Eddis Buche hatte auch nicht mehr das grüne Dach. Man konnte nach oben durch die Äste schauen und den Himmel sehen. Die weißen Dächer der Wohnwagen am Waldrand waren von einer dicken Laubschicht bedeckt. In den Augen der Waschbären sah das viel besser aus. Die Menschen aber räumten im Frühjahr alles wieder weg und schimpften über die viele Arbeit. Waschbären wundern sich dann darüber.

Der Herbst war nicht nur schön. Es gab auch Tage, da regnete es stundenlang. Der Wind rüttelte an den Wohnwagen und Vorzelten. Dann saßen Sternchen und Eddi in ihrem Boot neben dem Wohnwagen. Vom oberen Rand des Wohnwagens hatte der Mensch eine Plane gespannt, sodass alles darunter trocken blieb. Sie lagen da wie in einem kleinen Nest und hatten es in ihren Fellen richtig warm.
„Eddi, wir haben es hier wirklich schön“, sagte an so einem kalten Tag Sternchen.
„Finde ich auch“, meinte Eddi. Er war richtig stolz, dass er das im Sommer ausgekundschaftet hatte. Sie waren auch sehr geschickt gewesen, dass der Mensch nichts gemerkt hatte, denn sonst hätte er sie vermutlich vertrieben.

Eddi war plötzlich ganz aufgeregt als er nach draußen schaute. Er saß meist auf dem Bootssitz. Wenn er sich aufrichtete, dann konnte er nach vorne ins Tal schauen.
„Es regnet nicht mehr. Es schneit, Sternchen!“
„Das muss ich sehen, mach mal Platz!“ Sternchen kam von vorne und schaute nun auch mit dem Köpfchen aus dem Boot.
„Das ist richtig schön wie die Flocken im Wind tanzen, Eddi, findest Du nicht auch?“
„Ja, stimmt! Aber von jetzt an wird es schwieriger, wenn wir unser Essen suchen.“
So schauten sie zu, wie der Schnee langsam das ganze Waschbärenland unter eine weiße Decke legte. In der nächsten Zeit blieb die Wildschafherde auf dem verlassenen Campingplatz. Sie liefen zwischen den Wagen herum und knabberten an allem, was irgendwie zu schmecken schien. Dann lagen sie vorne bei der Waschbärenwiese, wo im Sommer die Zelte standen. Der Platzwart konnte sie von seinem Fenster aus sehen. Auch der marschierte nun mit dicken Stiefeln durch den Schnee den Weg zur Halbinsel Scheid und kam nach einigen Stunden wieder zurück. Sonst bewegte sich nicht viel auf dem Platz. Anders als im Sommer sah man nun auch im Schnee die Pfade, die die Waschbären liefen. Nach jedem Schneefall waren sie wieder zugedeckt. Die Wildschafe hinterließen überall so kleine schwarze Kügelchen. Aber auch die verschwanden im Schnee. Der erste Schnee wurde nach ein paar Tagen vom Regen wieder fortgewaschen. Das gefiel den Schafen gut, denn nun mussten sie nicht mehr nach dem Gras mit ihren Hufen scharren. Doch dann, als kein Laub mehr an den Bäumen war, da kam der richtige Winterschnee. Alles versank unter einer dicken weißen Decke. Eddi und Sternchen waren nicht mehr so oft unterwegs und wenn, dann wussten sie genau, wo es noch Fressbares zu finden gab. Der Weg zum Platzwarthaus war nicht weit. Dort lag auch nachts noch reichlich Vogelfutter. Aber sie hatten auch im Wald unter bestimmten Bäumen Plätze, wo sie ihr Futter fanden. Sie brauchten auch nicht mehr so viel wie im Sommer. Die meiste Zeit schliefen sie.

So gingen die Wintertage ins Land. Die Sonne wanderte immer tiefer gegenüber am Himmel entlang, nicht mehr so hoch wie noch im Sommer. Sie bemerkten das, wussten aber nicht warum das so war. Aber es war gut so wie es war. So schien die Sonne mittags geradewegs über die Bootsspitze hinein in ihr kleines Heim. Eddi und Sternchen schauten dann hinaus und blinzelten in die Sonne. An so einem Tag sagte Sternchen plötzlich: „Du, Eddi, es bewegt sich immer wieder etwas in meinem Bauch. Was ist das?"
„Waaas?", fragte Eddi erstaunt, „Essen bewegt sich doch nicht."
„Das ist auch, wenn ich nichts gegessen habe", meinte Sternchen.
„Keine Ahnung. Es wird schon wieder aufhören. Mach Dir keine Sorgen."
„Ich mache mir ja gar keine Sorgen. Aber das ist schon komisch."
Sie sagte nichts mehr davon, dass sie auch glaubte, schwerer geworden zu sein. Sie ließ Eddi auch oft alleine loslaufen, weil ihr das Klettern aus dem Boot irgendwie schwerer fiel als früher.

An so einem Tag, wo Eddi wieder alleine unterwegs war, geschah es plötzlich. Sternchen hatte sich ganz nach vorne ins Boot verkrochen, wo sie schon den ganzen Winter über Laub und Moos hingeschleppt hatte. Sie wusste damals nicht warum sie das machte, sie fand es einfach nur gemütlicher so. Jetzt lag sie da und presste etwas zwischen ihren Hinterbeinen heraus. Das zwickte ganz toll. Da lag dann ein ganz, ganz kleines Waschbärchen vor ihr. Sie leckte es von oben bis unten ab. Dann plötzlich passierte dasselbe noch einmal. Sternchen wunderte sich nicht. Sie spürte, dass das ihre Kinder waren, die sich bewegten und an ihren warmen Bauch drängten. Dort fanden sie bald zwei knubbelige Stellen, an denen sie kräftig saugten. Sternchen lag ganz still. Ihr tat es gut, wie ihre kleinen Waschbären-Babys ihre erste Milch tranken. Das waren sie also, die in den letzten Wochen so in ihrem Bauch gestrampelt hatten.

Eddi kam zurück und spürte sofort, dass etwas anders war als sonst. Noch bevor er nach oben kletterte hob er seine Nase.

Oben war alles still. Vorsichtig kletterte er auf das Boot und schaute hinein. Dort lag vorne in ihrem Nest Sternchen, und an ihrem Bauch lagen die neuen kleinen Familienmitglieder. Nun waren sie zu viert. Er fragte nicht lange, sondern kletterte behutsam auf seinen Bootssitz und beschnupperte die Kleinen und auch Sternchen, die ihm über die Nase leckte.
„Booaah", entfuhr es ihm dann doch, „wie hast Du das denn gemacht?"
„Ich weiß auch nicht", flüsterte Sternchen, „aber es ist schön, dass sie da sind."

In der nächsten Zeit änderte sich ihr Leben total. Alles war plötzlich anders. Die erste Zeit verließ Sternchen ihr Nest nicht mehr. Die kleinen Waschbärchen hatten ständig Hunger. Sternchen wurde immer dünner und die Kleinen immer dicker. Schon bald krabbelten sie im Bootsnest umher. Irgendwann konnte dann auch Sternchen mal wieder nach draußen. Eddi hatte in der Nähe ein paar gute Futterstellen gefunden, die nun auch Sternchen dankbar nutzte. Sie hielten gemeinsam das Nest sauber, was auch immer man bei Waschbären unter „sauber" versteht. Aber im Nest wurde es immer lustiger. Die Kleinen krabbelten ständig umher, wenn sie nicht bei Sternchen tranken oder schliefen. Und dann schauten eines Tages zwei kleine Köpfchen aus der Bootsluke, als Eddi und Sternchen von einem gemeinsamen Ausflug zurück kamen.
„Nun wird es bald Zeit, dass wir ihnen zeigen, wie man klettert", erklärte Eddi, der sich als junger Vater sehr wichtig vorkam.
„Mach Dir mal keine Gedanken, Eddi, unsere Kinder können das von ganz alleine." Sternchen war eine stolze Waschbärenmutti und freute sich auf den Frühling, der jetzt bald kommen musste. Die Tage wurden schon wärmer. Der Schnee lag nicht mehr so dick. Dicht am Wohnwagen hatte die Sonne schon einige Plätze freigetaut. Manchmal kam ein Wildschaf und rupfte an den kleinen Grasbüscheln vom letzten Sommer. Eddi und Sternchen fauchten dann von oben. Ihrem Nest mit den jungen Waschbärchen sollte niemand zu nahe kommen.

„Irgendwann müssen wir ihnen einen Namen geben“, sagte Sternchen nachdenklich.
„Bestimmt machen wir das, wenn der Schnee fort ist und wir ihnen ihr Waschbärenland zeigen“, antwortete Eddi.

Und es kam der Frühling und mit ihm ein neues Waschbärenjahr. Auch die Kinder kamen wieder auf den Platz. Sie spielten und tobten und liebten ihre Waschbären. In ihrer Fantasie dachten sie sich eigene Geschichten aus, vielleicht sogar die Namen für die zwei kleinen Waschbärchen von Eddi und Sternchen.

Ende

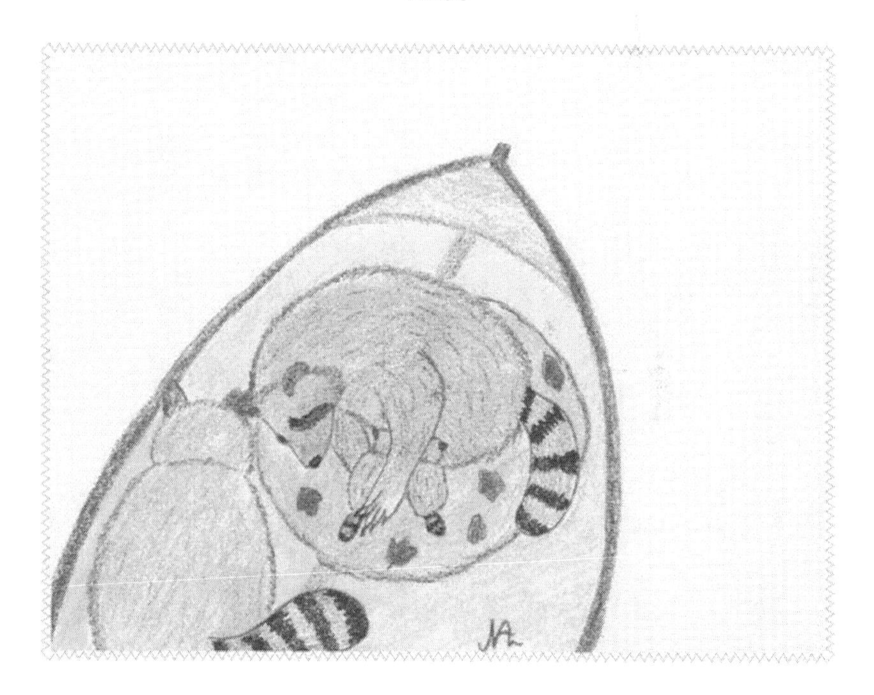

Und wenn ihr, liebe Kinder, Lust habt, dann malt die beiden kleinen Waschbären selbst. Erst dann wäre das Buch wirklich fertig.